ミッシング・ガールズ

レイの青春事件簿 1

松原秀行

講談社

ミッシング・ガールズ

《レイの青春事件簿①》

松原秀行

YA! ENTERTAINMENT

目次

Prelude

暗い。

寒い。

息苦しい。

荒《あら》い岩肌《いわはだ》がむきだしの通路を、三人の少年が黙々《もくもく》と歩いていく。

一列縦隊で。前かがみになって。

その体勢でないと、とても前進できない。通路は幅《はば》一メートル、高さ一・五メートルしかないからだ。

行く手を照らすのは、一本の懐中《かいちゅう》電灯の光のみ。ぼやっとした明かりが、なんとも頼《たよ》りなげだ。

ここに踏《ふ》みこんでから、どのくらい歩いたのだろう？

腕時計《うでどけい》をのぞけば、まだ三十分とたっていない。なのに、もう数時間は歩きつづけたような気がする。暗がりの中では、時間の感覚が狂《くる》ってしまうらしい。

ゾクリとする冷気が、少年たちを押《お》し包《つつ》む。日の光が、ここにはまったく差しこんでこないせいだ。

気温はどのくらいなのだろう？

さっきまでは春だったのに、一気に季節を飛《と》び越《こ》えて冬を迎《むか》えたかのようだ。

通路の天井《てんじょう》が、だんだん低くなってくる。少年たちの体が、いっそう前かがみになる。

このまま前進できるのだろうか？

そんな不安が重圧となって、少年たちの上にのしかかってくる。

暗い。

寒い。

息苦しい。

「ねえ。ちょっと待ってよ、正道《まさみち》」

いちばん後ろを歩く少年が沈黙《ちんもく》をやぶった。無言のままの前進に、ついに耐《た》えきれなくなったのかもしれない。

「ん？　なんだ、大造《たいぞう》？」

先頭の少年から返事があった。ということは、三人のうち、懐中《かいちゅう》電灯を手に先導役をつとめるのが正道、しんがりを行くのが大造なのだ。

「ほんとにこの道でいいの？　ちょっと前に、右のほうに枝分かれする道があったよね。もしかして、あっちが正しい道だったんじゃないの？」

「そうかもしれないが……しかし、こっちがまちがっているとも断言できないだろ。ちがうか？」

「でも、こんなに低くなっちゃったよ、天井《てんじょう》。道幅《みちはば》も、さっきよりか狭《せま》くなってる感じだし。もしも行き止まりだったらどうするのさ？」

ふたりのやりとりに、真ん中の少年がイライラ声で割って入った。

「うるさいぞ、大造。いまになってウジウジするくらいなら、来なけりゃよかっただろ。この臆《おく》病者《びょうもの》が」

「臆病者？　そんないいかたってないじゃないかあ、鉄平《てっぺい》。ぼく、べつに、ウジウジなんかしてないよ」

大造が不満そうにいい返した。すると、真ん中の少年は鉄平という名前なのだ。鉄平がなおもいいつのる。

「だったらいうなよ、余計なこと。だいたいな、おまえは……」

「待った、鉄平。ちょっとストップだ」

正道が立ち止まって、懐中電灯《かいちゅう》を前方に差し向けた。

「どうやら、大造が正しかったみたいだな。見ろよ、あれ」

「あ……」

「なんてこった……」

足を止めて前方に目をこらし、大造と鉄平がつぶやく。数メートル先に、両側の壁《かべ》と同じく、荒削《あらけず》りの岩肌《いわはだ》が立ちふさがっていた。ここで行き止まり、ということだ。三人はしばらく、その場にぼうぜんとたたずむ。

「……もどるぞ」

ややあって、気を取りなおしたふうに正道が口をひらいた。鉄平が渋面《じゅうめん》をつくって、

「もどる？　どこへだ？」

「だから、大造がいった枝道へさ。あそこのほかに、分かれ道はなかった。で、ここが行き止まりになってる以上、あの道を行くしかないだろ」

「そうか、たしかに」

三人は順番を入《い》れ替《か》え、通路をもどっていった。ほどなく枝道に到達《とうたつ》する。

「もしかしたら、この先にもあるかもしれないな、枝道が。よし、こうしよう」

ポケットから白墨《はくぼく》を取りだし、正道は左手の岩壁《がんぺき》に「→」マークを書きつけた。

「これからは分岐点《ぶんきてん》ごとに、進んだほうの道の壁《かべ》に矢印を書いていこう。そうすれば、まちがいないはずだ」

「でもさあ、正道」

大造が首をかしげかしげ、質問する。

「もしその道がまた、行き止まりだったらどうするわけ?」

「そのときは引き返してきて、矢印にバッテンをつける。で、もう一方の道の壁に新しく矢印を書いて、先に進む。それでいいだろ」

「ああ、なるほど」

大造も鉄平も、納得《なっとく》の顔つきになった。

「まあ、なるべく、そんな事態にならないことを祈《いの》ってるけどな。よーし、それじゃ、出発だ！」

正道の合図で、三人はあらたな通路へ踏《ふ》みこんでいった。


一時間ほどたって。

やや広くなった通路を、三人は急ぎ足で前進していた。道幅《みちはば》はそれほど変わらなかったが、天《てん》井《じょう》はぐんと高くなっていた。まっすぐ背中を伸《の》ばして歩いても、もう問題ない。

ここまで、七か所で分岐点《ぶんきてん》に行き当たっていた。そのうち、行き止まりを選択《せんたく》してしまい、やむなく引き返してきたケースが三回あった。

正確にいえば、一回は「行き止まり」ではなかった。このケースでは道は三つに分岐しており、中央の道を選んだ三人は、しばらく進むと同じ場所にもどっていたのだった。中央と左側の道が奥《おく》でつながって、ループしていたのだ。白い矢印に「×」をつけると、三人は右の通路の岩《がん》壁《べき》にあらたな矢印を書きつけて、先を急いだのだった。

さらに十分ばかり進む。

通路は突然《とつぜん》、ほぼ直角に左に急カーブしていた。その角を曲がりきって……三人は、はっと立ち止まった。

目の前にとびらがあった。

石の大とびらが、通路全体を遮断《しゃだん》していたのだ。

「この向こうなんじゃないのか。王国、というのは……」

正道がつぶやく。ゴクリとのどを鳴らして、鉄平が首をタテに振《ふ》る。

「つまり、これ、王国のとびらってわけだね」と、大造。

とびらの左端《ひだりはし》に、鉄製の輪っかがぶらさがっていた。「これを引っぱれ」と、そういっているみたいだ。鉄平が指さして、正道をうながした。

「やれよ、正道。暗号を解いて、この道を発見したのはおまえなんだ。王国のとびらをあける権利も、当然おまえにある」

「ほんとだよ、正道。さあ、早く」

大造もせっつく。

「わかった」

鉄の輪っかに、正道が手をかけた。

ぐいと引っぱる……動かない。

もう一度引っぱる……動かない……いや、動いた！

ゴゴ、ゴゴと音を立てて、石のとびらが手前に開く。左側にすきまができ、少しずつひろがっていく。

開く、開く開く……いま、開ききった！

「よし、行くぞ、みんな！」

正道を先頭に、鉄平、大造は胸をはずませてとびらをくぐりぬける。

ガラーンとした部屋が、目の前にひろがっている。

こ、これは！

驚愕《きょうがく》のあまり、三人はことばを失って、とびらのそばに、ただただ立ちつくすばかりだった。

すごい！

そのひとことあるのみだ……。

三時間後。

もときた通路を、三人の少年がもどっていく。分岐点《ぶんきてん》になっても、もう迷うことはない。壁《かべ》の「→」マークを、逆にたどればいいだけだからだ。

「こっちだよね」と、大造。

「ああ、こっちだ」と、鉄平。

「遅《おそ》くなったな。急ごうぜ」と、正道。

やがて。前方から光が差してくるのがわかった。懐中《かいちゅう》電灯の明かりとはちがう、天然の光だ。

もう何日もたったような気がするのに、じつはまだ、夕方にもなっていないのだ。

「あそこだね、入ってきたとこ」

「そうらしいな。よーし、出るか」

「ちょっと待て、大造、鉄平」

急ぎ足になりかけたふたりを、正道が呼びとめた。

「ここを出る前にもう一度だけ、確認《かくにん》しておこうじゃないか」

そういって、正道はポケットから折りたたんだ紙を取りだした。ゆっくりと紙をひろげる。

左端《ひだりはし》に、三人の名前が記されていた。その下には、三人の赤い拇印《ぼいん》がある。といっても、赤いのは朱肉《しゅにく》ではない。

血だ。

すると、これは……血判状！

そう。あの階段下の部屋で、三人が合意のうえに作成したものだった。

文面は、こうなっていた。

覚書
われわれ三人は聖なる使命を帯びた。
このことは他言無用である。
われわれだけの秘密だ。
その日が訪《おとず》れるのはずっと先の話だ。
しかし、われわれは決して忘れない。
われわれに課された聖なる使命のことを。
いまわれわれは、ここに誓《ちか》う。
われわれは必ず聖なる使命を実行するであろう。
そしてわれわれは、ここに宣言する。
われわれは必ず勝利をおさめるであろう、と。
×××年　四月二十日
王国にて記す

木村《きむら》正道 
関《せき》　鉄平 
金丸《かねまる》大造 

「いいな、みんな」

「ああ」

「うん」

三人は交互《こうご》に顔を見合わせ、コクンとうなずき合った。

正道が血判状を折りたたんで、ふたたびポケットにおさめる。力強い足どりで、三人は出口に向かっていった。

Chapter 1

部室の「怪事件《かいじけん》」

1

オタマジャクシ？

野沢《のざわ》レイは一瞬《いっしゅん》、自分の目をうたがった。

四月十三日の土曜日、放課後。いのいちばんで乗りこんだ部室の窓ぎわの机に、大きな水槽《すいそう》が載《の》っていた。長さ一メートル、幅《はば》二十センチ、深さ五十センチぐらいのガラスの水槽だ。中には水がなみなみとたたえられている。

おかしいな。あんなもの、きのうはなかったのに。

首をひねりながら水槽に近づいていって、レイはぽかんとなった。水中を右へ左へ、泳ぎまわっているものがいたからだ。ぷっくりふくらんだ黒い体と、長いしっぽのある生き物。そう、オタマジャクシだ。体長五〜六センチのオタマジャクシが十数ひき、水槽内《すいそうない》を遊泳しているのだった。

なんで？

レイの頭が四十五度ぐらいかたむいた。ここは生物クラブじゃない。現ア研——現代アート研究会だ。オタマジャクシ入りの水槽が、どうして、うちの部室に？

わからない。

だいたいこんなもの、だれが、いつのまに運びこんだのかしら？

腕組《うでぐ》みして水槽を見つめるレイを幻惑《げんわく》するかのように、オタマジャクシの群れはしっぽを小刻みに振《ふ》って泳ぎつづけている。

「天《あま》の川学園《がわがくえん》ミステリー事件簿《じけんぼ》その一・オタマジャクシの恐怖《きょうふ》」

そんなタイトルが、レイの頭にふっと浮《う》かんできた。

ある日、突然《とつぜん》、部室に届けられた謎《なぞ》のオタマジャクシ。ああ、それが、あの恐怖の事件の予告だったとは、だれひとり気がつかなかったのである……なんて、おっといけない。江戸川乱歩《えどがわらんぽ》の探偵《たんてい》小説みたいなこと考えてる場合じゃなかったな……。

2

風浜市《かぜはまし》の北部に、「雲取丘陵《くもとりきゅうりょう》」と呼ばれる小高い丘陵地帯がある。戦国時代、ここには難攻不落《なんこうふらく》と謳《うた》われた「縄手城《なわてじょう》」という城があったという。当時、この城をめぐって激しい攻防戦が繰《く》り広《ひろ》げられたと、歴史書にもそう記されている。城の周囲には、集落がいくつもあったようだ。

しかし江戸《えど》時代後期の十九世紀初頭、幕府の意向で廃城《はいじょう》になり、城そのものが取《と》り壊《こわ》されてしまった。このため周辺の集落も散り散りとなり、その後、雲取丘陵一帯には住む者はだれもいなくなった。

そんな無人の一帯を、明治末期に買収。昭和に入って、ひろびろしたキャンパスを構えたのが、私立天の川学園だった。戦後になって、男女共学、中高一貫《いっかん》教育の方針を早々と導入。「制服なし、服装は生徒の自主性にまかせる」というリベラルな校風で、いまや、風浜じゅうの小学生のあこがれの学校となっている。

その天の川学園に、野沢レイは一昨年《おととし》、中二の春に編入した。それには理由がある。レイの一家はそれまで、風浜市の西北に位置する藤堂市《とうどうし》に住んでいた。それがこの年、風浜に新居を購《こう》入《にゅう》。そのために、一人娘《ひとりむすめ》のレイも転校することとなったのだ。

天の川学園では、サークル活動がさかんだ。ほとんどの生徒がどこかのクラブや同好会に所属し、思い思いの活動にはげんでいる。レイも当初は新聞部に所属し、学校新聞「ミルキーウェイ・タイムズ」のコラム執筆《しっぴつ》に精をだしていた。が、その年の秋の文化祭で、いっぷう変わったサークル・現ア研――現代アート研究会と出会う。すっかり気に入ってしまったレイは、新聞部に退部届を提出し、そのまま入会したのだった。

現ア研とはその名のとおり、「現代」の「アート」を「研究」するサークルだ。研究対象はさまざまなジャンルにおよび、そのひとつひとつがやたらおもしろい。好奇心旺盛《こうきしんおうせい》なレイとしては大満足だった。

それから一年半たって、今年の四月。

中学から高校に進学したレイに、ふたつの大きな変化がおとずれた。

ひとつめは、家のことだった。大手銀行につとめていた父親に、香港《ホンコン》支店転勤の辞令が下ったのだ。父親としては、一家そろっての香港行きを考えていたようだ。けれど、レイとしては気がすすまなかった。香港には心がひかれる。でも、せっかく入った天の川学園を中途《ちゅうと》退学したくもない。なにより、現ア研の活動をもっともっとつづけたい。

あれこれ話し合った末、結局、レイはひとりで風浜の家にとどまることになった。レイの教育のためには、このまま天の川学園に通うのがベストと結論がでたのだ。家事は週に三度、お手伝いさんにきてもらえばいいし、簡単な食事の仕度《したく》くらいは自分でできる。こうして高校生になるのと同時に、レイの一人暮らしはスタートしたのだった。

もうひとつの変化というのは、ほかでもない。現ア研が、晴れて部室をもらえることが決定したのだ。

やったあ！

知らせをきいて、レイは思わず快哉《かいさい》を叫《さけ》んだ。

現ア研はこれまでずっと、地下鉄・天の川学園前駅近くの喫茶店《きっさてん》で定例会をひらいていた。ただ、喫茶店だといろいろと問題があった。ねばっても二時間が限度だし、周囲のお客にも気を使う必要がある。議論が長びくときは、コーヒーのおかわりを注文しないと店に悪いから、ついついお茶代がかさんでしまう。レイたちの経済力では、週二回の会合がやっとだった。

部室があれば、もうそんな心配は無用だ。これからは毎日、好きなだけミーティングできる。

これが朗報でなくてなんだろう！

キャンパスの東にひろがる雑木林の奥《おく》に、「チェシャ猫館《ねこかん》」と呼ばれる三階建ての建物がある。文化サークルの部室専用棟《せんようとう》だ。一フロアに十二室、合計三十六の部屋があり、多種多様のサークルがここを根城に活動している。

きのうの金曜日。レイを含《ふく》めて四人の現ア研メンバーは、胸をはずませて「チェシャ猫館」に出向いていった。この日から、部室の使用許可がおりたのだ。

クヌギ並木のあいだを伸《の》びる坂道——通称《つうしょう》「ドングリ坂」をのぼりきると、白い洋館風の建物があらわれた。

玄関《げんかん》の木製とびらの上には、青いネコの絵が描《えが》かれていた。巨大《きょだい》な目と巨大な口がニターッと笑っているのがわかる。天の川学園出身の超《ちょう》売れっ子イラストレイター・村木青銅《むらきせいどう》が、美術部に所属していた高校時代に描いたものだという。

ははあん。レイは深く納得《なっとく》した。「チェシャ猫館」の名前の由来は、この絵にあったというわけね。

玄関をくぐりぬけて中に入る。四人の目の前に、長い廊下《ろうか》がまっすぐ伸びていた。両側に六枚ずつ、計十二の引き戸がならんでおり、手前から右・左・右・左の順で、一〇一号室・一〇二号室・一〇三号室・一〇四号室……という具合に部屋番号がふられている。

引き戸にはそれぞれ、サークル名入りのプレートが貼《は》りつけられていた。どんなサークルがあるのか興味はあったけれど、いまは気が急《せ》いていて、ひとつひとつチェックしている余裕《よゆう》はない。

四人は廊下《ろうか》を進んでいき、右側のいちばん奥《おく》の部屋・一一一号室の前で歩を止めた。ここがきょうから、現ア研の部室なのだ。

きいた話によると、三月までは「チュパカブラ愛好会」が入っていたという。が、ふたりきりの部員がいっしょにやめてしまい、サークルは解散。空き部屋になった。そこで、以前から「部室キャンセル待ち」を提出していた現ア研に、急遽《きゅうきょ》、お鉢《はち》がまわってきたのだった。

それにしても、と、レイは思う。「チュパカブラ愛好会」というのは、どういう活動をやっていたのかしらね……ええと、そんなことはどうでもよくって。

ガラガラガラ。

レイは引き戸に手をかけ、一気に引きあけた。いよいよ「マイ部室」と初対面だ。

そろって部屋に踏《ふ》みこんで、四人とも歓声《かんせい》をあげた。予想以上に広々としていたからだ。少なく見ても十畳《じょう》ぶんはある。これなら、なにをするにも、スペース的には十分だろう。

四人は顔を輝《かがや》かせながら、用意してきた缶《かん》コーヒーを取りだし、目の高さに差しあげた。

「乾杯《かんぱい》！」

「かんぱーい！」

だれからともなく声があがる。一息で飲み干すと、四人は顔を見合わせ、満足げにうなずき合った。念願の部室がようやく手に入った。いわば、きょうは部室オープン記念日。現ア研の新しい歴史が、たったいまからスタートするのだ、と……。

3

そんな輝《かがや》かしい「部室記念日」の翌日に起きた、ミステリーまがいの怪事件《かいじけん》。レイはもう一度、オタマジャクシをしげしげとながめる。

ふるふる、ふるふる。小刻みに揺《ゆ》れるしっぽ。でもいつかこのしっぽは取れてしまい、みんなカエルになって、水槽《すいそう》から飛びだしてくるのよね。カエルに占拠《せんきょ》される部室。その光景を、レイは頭に思《おも》い描《えが》いた。それ、あんまり、気持ちよくないかも……。

「あ、レイさん。もうきてたんですか。早いですね。てっきりぼくが一番乗りかと思ってたんですけど」

後ろから古木慎吾《ふるきしんご》の声がした。四人の現ア研メンバーちゅう、最年少の中学三年生だ。

もともとは慎吾も、レイと同じ新聞部に所属し、コラム班で活動していた。が、レイが現ア研に移ったと知って、その場で入会を申し出たのだった。頭の回転が早く、ときおり見せる鋭《するど》い突《つ》っこみには、レイも舌をまくことがある。

「ね、ね、レイさん。ぼく、きょうは、ひとつ提案があるんです。きのう一日、いろいろ考えてみたんですよ、これからの活動方針を。それで……」

いいながら部室に入ってきた慎吾のことばが、急にとぎれた。数秒おいて、すっとんきょうな声が響《ひび》く。

「ほえ?」

水槽《すいそう》に気づいたようだ。

「な、な、なんです、レイさん、これは? ひょっとして、オタマジャクシ?」

慎吾は口を半びらきにして、オタマジャクシをじっと見つめている。レイは軽く肩《かた》をすくめて、

「ひょっとしてもしなくても、オタマジャクシ以外のなにかに見える、慎吾くん?」

「見えません。もしや、レイさんが持ってきたんですか?」

「まさか。わたしがきたときは、もうここにあって。そういうからには、じゃあ、慎吾くんにもぜんぜん心当たりはないのね？」

「知りませんよ、ぼく。なんでこんなもんがここにあるんです？」

「だから、それが謎《なぞ》なのよ」

「おっす、レイ！　お、慎吾もいたのか」

元気いっぱいの声が、ふたりの会話に割りこんできた。こんなしゃべりかたをするのはひとりしかいない。

森下《もりした》のぞみ。

ボーイッシュなショートヘアで、ズバズバものをいうのが持ち味の高校二年生だ。日ごろの活動にも積極的で、現ア研の機関誌『交互《こうご》する三度』によく、お得意の無季定型俳句――「嵐《あらし》の夜白亜紀《はくあき》からの偽電話《にせでんわ》」なんていう意味不明な作品を発表しては、気勢をあげている。まさに現ア研の「元気の素《もと》」の感がある。

「早いじゃんか、ふたりとも。やっぱ部室もらえて張りきってんだろ。わかるぜ。このあたしだってやる気まんまん……はれっ？」

のぞみがあんぐり口をあけた。目が水槽《すいそう》に引き寄せられているのがわかる。慎吾がうたがわし

い顔でその目をのぞきこんで、

「演技してるんじゃありませんよね、のぞみ先輩《せんぱい》？」

「へっ、演技？　どういう意味だよ？」

「ことばどおりの意味です。もしのぞみ先輩のしわざなら、早いところ白状したほうがいいですよ。話がややこしくならないうちに」

「あたしのしわざ？　白状って……あ、あのなあ、慎吾、ぶっとばされたいのか！　こんなバカなもん、あたしが持ちこむわけないだろが！　それから、もう一年間いいつづけてるけど、いいかげんに先輩はやめろ！　のぞみサマといえ！」

「のぞみサマ？　なにいってるんですか。そんなガラじゃないでしょ。これがホントの様にならない、なんて」

「いったな！　マジで怒《おこ》ったぞ、あたしは。こいつめ、こうしてやる！」

のぞみはいきなり、慎吾にヘッドロックをかけた。

「うぎゃあー！」

慎吾の悲鳴。レイは吹《ふ》きだしそうになった。いまテレビは空前の「コントブーム」で盛り上がっている。前々から思っていたけれど、このふたりも、本気でコント・デビューを目指したらどうなのかな……。

「こらこら、なにをやっているんだ、のぞみくん、古木くん。ここはプロレス研究会じゃないぞ」

背後から、またまた声がした。

「ボリス・ヴィアンいわく、部屋は住人の精神に感応して大きくもなり小さくもなる。なので、この部室にふさわしくない行動は、くれぐれも慎《つつし》んでくれたまえ。いいね?」

人を煙《けむ》に巻くようなせりふのぬしは、高校三年で現ア研部長の今泉純《いまいずみじゅん》だ。そもそもこの現ア研は、今泉が高校一年生のときに創設したものだった。

ふつう、高三ともなると大学受験のためサークル活動からは足を洗うものだが、今泉は例外だった。

「受験? んなもん、ずっと先の話だろ。いざとなりゃ、なんとかなるさ。おれには現ア研のほうがずっと大切なんだよ。現ア研、命。人生はアートだ、アート!」

というわけで、いまもなお部長をつとめているのだった。いや、もし部長をやめられてしまったら、レイも慎吾ものぞみも困りはてていたことだろう。なにしろ博識で、「知らないことはない」といっても過言ではないほどの、圧倒的《あっとうてき》な知識量を誇《ほこ》っている。今泉の存在ぬきにして多方面におよぶ現ア研の活動はなりたたない、と断言してもいいからだ。聞いた話では、父親はどこかの大学の哲学科《てつがくか》教授だという。博識なのはきっと、そんな父親の影響《えいきょう》なのだろう。

「ねえ、今泉さん。これは……」

水槽《すいそう》を指さしつつふり向いたレイは、今泉が手にするものに気づいて目をまるくした。ヴァイオリン・ケース？　今泉さん、なんでまた、そんなものを？

「お、純さんか。いいところにきたな」

のぞみがヘッドロックをはずし、水槽をあごでしゃくってみせた。

「見てくれよ、これ。どこのどいつだ、こんなもん運びこんだのは。純さん、心当たりはあるか？」

「あたたたた」

腕《うで》で締《し》め上《あ》げられた頭をさすりさすり、慎吾も口をだす。

「きっと、部屋をまちがえたんじゃないんですかね、そのどこのどいつかが。ほんっとに迷惑《めいわく》っスよ。早く撤去《てっきょ》してもらわないと、邪魔《じゃま》で邪魔で」

「迷惑？　邪魔？　どうしてだ？」

今泉は心外そうに、

「こいつは、午前中に、授業をサボって、おれが運んできたんだよ。けっこう大変だったんだからな、リヤカーに乗っけて、ひとりでドングリ坂をのぼってくるのは」

「へっ、部長だったんですか！」

「ええっ、純さんのしわざだったのか！」

慎吾とのぞみが同時に声をあげる。「怪事件《かいじけん》」の犯人はわかった。では、こんな人騒《ひとさわ》がせなことをしでかした、その理由は？　レイは口をひらきかけたが、今泉のほうが早かった。

「いっておくが、もちろん、このまんま運んだわけじゃないぞ。なにしろ、この水槽《すいそう》には百リットルも入るからな、水。重さにすりゃ、百キロだ。ひとりじゃ持ち上げられっこないだろ。まず水槽だけをここに設置して、水はあとから入れたんだ。あ、このオタマジャクシは、卍沼《まんじぬま》で獲《と》ったんだけどな」

卍沼というのは、キャンパスの西側に横たわる小さな池のことだ。

あのね、今泉さん、そういうことがききたいんじゃなくって。根本的な質問をしようとしたレイを、今泉は手で制して、

「ふふふ。疑問符《ぎもんふ》がびっしり貼《は》りついたような顔をしているな、レイくん。わかってるさ。なんでこんなことをやったのか、だろ？　ちょっと待ってくれ。いま説明するが、ものごとには順序

があるからな。準備準備、と」

ヴァイオリン・ケースを床《ゆか》に置き、今泉は、筒状《つつじょう》にまるめた紙とスプレー缶《かん》をショルダーバッグから取りだした。それを手に、水槽《すいそう》の向こうにまわりこんでいく。

準備って？

不可解な行動を、レイは首をかしげて見まもるばかりだ。

4

水槽のあっち側に立った今泉は、やおらアクションを起こした。ガラスの表面に、スプレーを吹《ふ》きつけはじめたのだ。

ペンキで文字でも書くつもりかしら？　レイはそう思ったのだが、ちがった。ガラスはほんの少し白濁《はくだく》しただけだ。

まんべんなく吹きつけ終えると、今泉はつぎに、まるめた紙を水槽の左端《ひだりはし》に押《お》し当《あ》てた。そのままクルクル伸《の》ばしながら、ガラス表面に貼《は》りつけていく。すると、いまのはスプレー糊《のり》だったのだ。

作業はすぐに終了《しゅうりょう》した。ぴったりのサイズで、紙は水槽《すいそう》に密着した。今泉が満足げにつぶやく。

「よーし、バッチシだな」

あらっ？

レイは目を見はった。こっち側のガラスと、中の水を透《す》かして、紙に描《えが》かれたものがはっきり見えたのだ。

水槽と同一サイズ――横一メートル・縦五十センチの紙全体に、黒い五本の線が平行に、等間《とうかん》隔《かく》で走っていた。その五本線のブロックが、上・中・下に三つならんでいる。向かって左の端《はし》っこにはそれぞれ、大きなト音記号「𝄞」が書きこまれている。ということは……五線譜《ごせんふ》だ、これは。

慎吾ものぞみも不思議そうな顔で、

「あのー、なんスか、部長、これ？」

「おい、純さん、なんのマネだよ？」

「まあ、すわってくれたまえ、諸君。話はそれからだ」

今泉が重ねた椅子《いす》を運んできて、床《ゆか》にならべた。水槽のすぐ手前にひとつ、少し離《はな》れて正面に三つ。自分用の席と、レイたち用の席ということらしい。

「さ、そこへ」

うながされ、レイ、慎吾、のぞみは水槽《すいそう》に向かってならんで腰《こし》をおろした。いっぽう今泉は水槽を背に、三人と向き合ってすわると、

「おっほん」

もったいぶった調子で咳《せき》ばらいした。鼻がひくひく動いている。今泉さんがこういう態度とるときは、たいてい、なにか演説がはじまるのよね。レイの予想は当たった。今泉はこんなふうに切りだした。

「諸君。知ってのとおり、わが現ア研はここまで、おもに現代詩、現代俳句といった文芸ジャンルを中心に活動をつづけてきた。いや、むろんこれからもつづけるつもりだし、機関誌の『交互《こうご》する三度』にはこれまでどおり、意欲的な作品をどしどし発表してもらいたい。それはそれとして、だ」

三人を順に見まわすと、今泉は熱心な口ぶりで、

「つねづね口にしてきたことだが、現代アートというのはじつに幅《はば》が広い。本当いって、おれにはもっといろいろやってみたいことがあったのだが、ずっとできないままでいた。理由はひと

つ。やりたくても、やれる場所がなかったからだ。しかし、こうして部室が手に入ったいまは、なんでもOKとなった。となりゃ、善は急げだ。ここは早速実践《さっそくじっせん》の一手だろう」

「はあん。じゃあこの水槽《すいそう》が、その、やってみたかった現代アートってわけなのか、純さん?」

「おお、察しが早いな、のぞみくん。まさにそのとおりだ」

のぞみのことばに、今泉は莞爾《かんじ》と笑《え》みを浮《う》かべる。慎吾が口をはさんだ。

「なーるほど。たしかにこんなこと、喫茶店《きっさてん》じゃできませんよね。けど、これって、現代アートのどういうジャンルなんです?」

「現代音楽だ」

思いがけない答えが返ってきた。

「え?」

「音楽?」

のぞみも慎吾も意表をつかれた顔だ。

床《ゆか》のヴァイオリン・ケースに、レイはチラリと目をやった。現代音楽って……ふむふむ、それでヴァイオリンなのか。それと、水槽の五線譜《ごせんふ》。たしかに「音楽」の要素は満たしている。だからって、いったいぜんたい……え、ちょっと待ってよ。

その瞬間《しゅんかん》、ふとした予感がレイの頭を走《はし》り抜《ぬ》けた。もしかして、今泉さん……で、でも、まさかねえ……。

ここぞといわんばかりに今泉は大きく身を乗りだし、教師のような口調でつづけた。

「現代音楽の始祖といえば、なんといっても、印象派と呼ばれる独特の作風を切りひらいたドビュッシーと、十二音技法をあみだしたシェーンベルクにとどめをさす。じつをいえば、おれはドビュッシーに傾倒《けいとう》していてね。現ア研の機関誌のタイトルも、ドビュッシーの前奏曲集第二巻からとったものなんだ。ピアノ曲なんだがな」

ふーん、そうだったの。

レイは感心してしまった。そんな曲、よく知っていたものね。さすがは博覧強記な今泉さん。ううん、博覧強記を通《とお》り越《こ》して、いっそ歩く百科事典《エンサイクロペディア》と呼んだほうがいいかしら。

でも、これでやっとわかった。長年の謎《なぞ》だった『交互《こうご》する三度』の名前の由来。まさか、ドビュッシーの曲の題名だったとはねえ。おぼえておこうっと。脳内メモ帳に、レイはしっかりと書きつける。

「で、このふたりの影響《えいきょう》を受け、ときには逆に反発もしながら、現代音楽はさまざまな方向に発展していくわけだ。しかしいまは、それ以降の音楽史を講義している余裕《よゆう》はない。ここでは最《さい》先端《せんたん》の音楽に話をしぼるぞ」

いよいよ核心《かくしん》に入るらしい。レイは姿勢を正す。

5

「アメリカにジョン・ケージという作曲家がいる」

今泉が講義をつづけた。

「前衛音楽というか、従来の音楽概念《がいねん》をひっくり返すような、いわばコペルニクス的大転回とでもいうべき音楽を考案、発表してきた人物だ。有名な作品に、『四分三十三秒』というのがあるんだが。知らないかな、みんな?」

「知りません」

慎吾が即答《そくとう》した。

「けど、『四分三十三秒』とは、またずいぶん変わった題名ですね。そう思いません、のぞみ先《せん》輩《ぱい》?」

「先輩はやめろ! ああ、ホントにな。どんな曲なんだよ、純さん?」

「曲か。曲は、ない」

はい？

レイは耳をうたがった。音楽作品なのに、曲がない？　どういうこと？

のぞみも慎吾もきょとんとしている。今泉はふふっと笑って、

「本当にないんだ。ものの本によれば、ケージは『タイトルは演奏時間だ。ピアノのふたを閉めたらはじまって、あけたら終わる』と指示しているそうだ。つまり演奏者はステージに出ていき、ピアノの前にすわってふたを閉め、いっさい演奏することなく、四分三十三秒たったらふたをあけて去っていく、と。そういう作品なんだよ」

それって、どこが「音楽」なの？　レイはそう思ったが、のぞみと慎吾の反応はちがった。

「へえええっ。おもしろいじゃんか。あたし、気に入ったぜ、それ」と、のぞみ。

「同感です。ピアノのふたを閉めたらはじまるっていうのが、人を食っていいじゃないですか」と、慎吾。

そうかなあ。レイは「はいっ！」と挙手して、

「あのー、今泉さん。だけどその作品、どういう意味があるんですか？」

「ふむ、意味か。たとえば、こんな解釈《かいしゃく》がある……」

今泉は、滔々《とうとう》とまくしたてた。四分三十三秒を秒に換算《かんさん》すれば二百七十三秒になる。この数字がカギなのだ。マイナス二百七十三度は絶対零度《ぜったいれいど》だ。絶対零度ではすべてのものが凍《こお》りつき、音さえ消滅《しょうめつ》してしまう。ケージはこの「曲」で、その無音の世界をこそ表現したかったのである……。

「……なーんていわれたりもするのだが、さあどうだか。あとづけの理屈《りくつ》みたいな気がするな。こんな解釈《かいしゃく》なんぞどうでもいい。おれにいわせりゃ、ケージは、従来の音楽に反旗をひるがえしたかったんじゃないのか、と。そんなケージの姿勢は、ほかの作品にもよくあらわれていると思うぞ。たとえば彼《かれ》が考案した演奏法に、プリペアド・ピアノというのがあるのだが……」

つづく今泉の説明は、驚《おどろ》くべきものだった。なんとケージはピアノ内部に張られた弦《げん》と弦のあいだに、いろんな異物――ボルトやねじ、プラスチック、ゴム、ボール紙などをはさみこんで演奏したというのだ。

レイはあいた口がふさがらなくなった。ボルト？　ねじをはさむ？　なんでそこまでする必要が？　どうしてふつうにピアノ演奏するんじゃいけないわけ？　頭の中で疑問符《ぎもんふ》の大群が渦《うず》を巻く。現代音楽って、なにがどうなってるんだか……。

そんなレイの思いを読み取ったかのように、今泉はきっぱり断言した。

「要は、譜面《ふめん》どおりに当たり前に演奏するだけが音楽ではない、と。それがケージの主張であり、彼《かれ》一流の芸術だったのだ。彼の音楽はいまでは、『不確定性音楽』とも『偶然性《ぐうぜんせい》音楽』とも呼ばれ、確固とした一ジャンルを築き上げたといっていいだろう。以上で講義はおしまいだ。それじゃ、いよいよ本題に入るぞ」

ことばを切って、今泉は問題の水槽《すいそう》を指さした。

「わが現ア研でも、この偶然性音楽にチャレンジしてみたい。おれはそう考えたんだよ。といって、ジョン・ケージのマネをしても仕方ないからな。そこで思いついたのが、こいつだ！」

やっと話が結びついたか。レイはふううっと息をはいた。ずいぶん長い前置きだったわね。けれど、偶然性音楽とこの水槽と、いったいどういう関係が？

「ははあ、そういうことだったんですか。で、なにをする気なんです、部長？」

「そうそう。早いとこ説明してくんないか、純さん。あたしは気が短いんだ」

慎吾とのぞみがせっつく。今泉はふたたび「おっほん！」と咳《せき》ばらいして、

「ケージの『四分三十三秒』の場合、楽譜は不要だった。当然だな。弾《ひ》かないんだから、ピアノ。これに対して、おれの作品の場合、楽譜はある。ただし、動くという点で、いままでの楽譜とは一線を画している。いいか、見ててくれよ、みんな」

ヴァイオリン・ケースをひろいあげると、今泉はふたをあけて、ヴァイオリンと弓を取りだした。

コンコンコン。弓で水槽《すいそう》の縁《ふち》をたたく。音と振動《しんどう》に驚《おどろ》いたのか、底のほうにかたまっていたオタマジャクシの群れが、いっせいにユラユラ動きだした。

「どうだ。ここまでやれば、もうわかっただろう」

三人の顔をいたずらっぽい目で見まわして、今泉はつづけた。

「こうやってオタマジャクシの動きを横からながめる。そして向こうの五線譜《ごせんふ》と重なったポジションの音――ドならド、ミならミ、ファならファを、このヴァイオリンでどんどんどんどん弾《ひ》いていくんだ。つまりどんな曲が生まれるかは、オタマジャクシ次第《しだい》というわけだな」

そこまでいうと、今泉はピンと背筋を伸《の》ばし、思いっきり得意げな表情をつくって宣言した。

「どうだ、みんな。これも立派な偶然性《ぐうぜんせい》音楽だろう！　いつか必ずや、現代音楽の新手法として注目を浴びると思うぞ！」

6

やっぱりね。

レイはがっくり肩《かた》を落とした。さっき、五線譜《ごせんふ》を目にしたときの予感。音符《おんぷ》のことをオタマジャクシともいうから、もしかしたらとは思った。まさか今泉さん、本気でそんなこと考えてたなんて。これじゃあ、ほとんどギャグの世界じゃないの……。

いっぽう、のぞみと慎吾は目を輝《かがや》かせて、口々に賞賛する。

「な、なーるほど。よく考えたもんだな、純さん。すごいぜ。天才じゃないのか」

「まったくです。こんなアホな、じゃない、こんな独創的な音楽、だれも思いつきませんよ。それで、実際に演奏するとどうなるんです？　ひとつ、きかせてもらえませんか、今泉部長？」

「よし、まかせとけ」

ヴァイオリンをかまえると、今泉は水槽《すいそう》をじーっと見つめた。

オタマジャクシが上下左右に泳ぎまわる。

ややあって、弓が動いた。

ギ、ギ、ギギギギ、ギー。

音楽とは似ても似つかない騒音《そうおん》が、部屋じゅうに響《ひび》きわたる。レイは椅子《いす》から転げ落ちそうになった。のぞみも慎吾もさすがに、手で耳をふさいでいる。たまらず、レイは叫《さけ》んだ。

「ちょっと、ちょっと、ストップ！」

騒音がやんだ。今泉がしれっとした顔で、

「いやあ、まいったまいった。自分でも聴《き》くにたえなかったな。やっぱりダメか、古道具屋で二千円で買ったヴァイオリンじゃあ」

そういう問題ではないと思う。レイは追及《ついきゅう》した。

「ええと、今泉さん。ヴァイオリンはいつから練習してたんですか？」

「きのうの夜、こいつを手に入れてからだ。だから、ヴァイオリン歴二十時間だな。ドレミファソラシドだけはなんとか弾《ひ》けるようになったぞ。わはは」

わはは、じゃないでしょう。レイはあきれる。だめだわ、こりゃ。

「ま、まあ、いいんじゃないのか」

のぞみが割って入った。

「たしかに音はひどかったけどな。でも、本物のオタマジャクシを使った偶然性《ぐうぜんせい》音楽って発想

は、なかなかおもしろいじゃんか。しばらく追っかけてみようぜ、このテーマ」

「賛成です。よーし、こうなったらぼくも、あした、キーボードを持ってきますよ。部長のヴァイオリンとで、オタマジャクシ二重奏でもやりますか」

慎吾もノリノリになっている。のぞみが意外そうに、

「キーボード？　おい、慎吾。おまえ、そんなシャレたもん弾《ひ》けたのか？」

「ええ、まあ。こう見えてもぼく、幼少のみぎりはピアノを習っていたんです。いまはもうやめちゃいましたけどね。それでも、音譜《おんぷ》見て弾くぐらいはできますよ」

「そうか。あたしはどうしようかな。できる楽器はこれといってないし……」

「だったら、歌えばいいじゃないですか。のぞみ先輩《せんぱい》のアルトの声って、そう悪くないですよ」

「先輩はやめろ！　そ、そうか？　悪くないか？　じゃあ、そうするか」

「ただし、歌聴《き》いたオタマジャクシが悶絶《もんぜつ》しても知りませんけど」

「あっ、どういう意味だ、慎吾！　またヘッドロックされたいのか！」

またしてもコント・モードに突入《とつにゅう》している。今泉が眉《まゆ》をひそめて、

「まあまあ、口ゲンカはそのくらいにしてくれ。そんなことより、たのむぞ、ふたりとも。現ア研の総力をあげて、ケージに負けない斬新《ざんしん》な現代音楽を創造しよう！　オタマジャクシ・ミュー

ジックの完成度をもっともっと高めていくんだ！　レイくんも、いいな？」

いいな、といわれても……。

レイは困惑《こんわく》しつつ、オタマジャクシの水槽《すいそう》をあらためて凝視《ぎょうし》した。

現代アートは幅《はば》が広い、というのはわかる。だけどこの偶然性《ぐうぜんせい》音楽っていうのは、なんだかなあ。これが本当に「アート」と呼べるのかしらね？

レイは内心で、深いため息をついた。せっかく部室がもらえたというのに、こんなことでだいじょうぶなのかしら、わが現ア研の将来は？

Interlude 1
深川千加《ふかがわちか》の場合・四月十三日

まずっ。すっかり遅《おそ》くなっちゃった。

クヌギ並木のあいだを伸《の》びる坂道——通称《つうしょう》「ドングリ坂」を、深川千加は急ぎ足で下っていった。点々と連なる常夜灯のおかげであたり一帯は薄明《うすあか》るいが、上空には漆黒《しっこく》の夜空がひろがっている。

左手の腕時計《うでどけい》に、千加はチラリと目をやった。デジタル数字が「10:24　PM」と点滅《てんめつ》している。これじゃ、家に着くのは早くても十一時だ。母親からお目玉をくらうのが目に見えている。「なんです、こんな時間まで！　高校二年生の女の子が、そんなことでいいと思っているんですか！」とかなんとか。

しょうがないよね。

千加は小さくため息をついた。「そんなことでいい」とは、自分でも思っていない。けど、もう待ったなしだったのだ。演劇コンクールの地区予選開始がゴールデンウィークの真ん中、五月四日の土曜日に迫《せま》っている。ジャスト三週間後だ。なのに、まだ脚本《きゃくほん》ができていない。本来なら、新学期の開始に合わせて、春休みちゅうにはアップしているはずだった。それがまったく筆が進まず、延び延びになっていた。

「あのー、いつできるんですかぁ、千加先輩《せんぱい》？」

「まだなのかよ！　遅《おそ》い！　なに、ぐずぐずやってるんだ！　おまえは井上《いのうえ》ひさしか！」

などと、演劇部の後輩・同輩に、顔を合わせるたんびにせっつかれてきた。それは役者陣《やくしゃじん》としては、気が気じゃなかったろう。そろそろ稽古《けいこ》に入らなければ、コンクールに間に合わなくなってしまう。いや、稽古以前に、セリフをおぼえる時間だって必要だ。座付き作者の千加に非難が集中するのも当然だった。

「ごめーん、みんな。あと二日待ってぇ。来週の月曜までには必ず仕上げるから」

大見得を切った以上、なにがなんでも完成させなければならない。千加は部室の机の前に陣取って、デスクトップ・ワープロをたたきだした。

夕方まではほかの部員たちも居残っていて、千加の「執筆《しっぴつ》風景」を所在なげに見まもったりしていた。が、五時を過ぎたころから、

「じゃ、お先に」

「失礼しまーす」

ひとり、またひとりと引き上げていった。千加としてはかえってありがたかった。ひとりっきりのほうが、原稿《げんこう》に集中できるからだ。

実際、だれもいなくなってからにわかに、執筆《しっぴつ》ペースがあがってきた。ポッ・ポッ・ポッと、雨だれみたいだったキーボード音が、はっきり、リズミカルになってきたのが自分でもわかる。

カシャカシャ、カシャカシャ、カシャカシャ、パッシーン！

おしまいの「パッシーン！」は、力いっぱい「。」を打ちこんだ音。気分が乗ってきた証拠《しょうこ》だ。

芝居《しばい》のタイトルは「風のゆくえ」。深夜の学校から出発し、「ここではないどこか」を求めて旅をつづける一組の少年少女の物語だ。行く先々で、さまざまな出会いや事件がふたりを待ち受けている。そのつど、ふたりは力を合わせて苦難を乗り越《のこ》え少しずつ成長をとげる、というロードムービー風のストーリーだ。

ともに、行き詰《い づ》まっていたストーリーが、考えてもいなかった方向に急展開していった。

でも、それだけじゃ物足りない。もっと強く、観衆にアピールする方法はないものか。そう思ったとき、千加の頭にふっとひらめいたのが「劇中歌」だった。

曲名はずばり、「ジャーニー」とか。
歌詞は……そうだな、たとえば、こんなの。頭の中に降ってきた歌詞を、千加はキーボードでびしばし書きとめていった。

♪空の向こうに　なにかがある
どこかでだれかが　そうささやく
なにがあるのかは　わからない
空の青さが　まぶしくて
♪海の向こうに　なにかがある
どこかでだれかが　そうつぶやく
なにがあるのかは　わからない
海のざわめき　悲しくて
　♪Where from, where to?
　二人の旅は　いま始まった
　Where from, where to?

二人の旅は　いつ終わる
♪風の向こうに　なにかがある
どこかでだれかが　そうさけぶ
なにがあるのかは　わからない
風のゆくえは　気まぐれで
♪Where from, where to?
二人の旅は　いま始まった
Where from, where to?
二人の旅は　いつ終わる

うん、これ！　これなら、みんなの共感を呼ぶはず……あっ、ちょっと待って、そうだわ！

さらに素晴《すば》らしいアイデアがひらめいた。劇中歌なのだから、もちろん曲をつけなければならない。それを、伊集院先輩《いじゅういんせんぱい》にお願いしたらどうだろう？　うん、それ、名案！

一学年上の伊集院翔《しょう》と知り合いになったのは、去年の文化祭のときだった。友だちに誘《さそ》われて、音楽部主催《しゅさい》の演奏会場に顔を出した千加は、伊集院が演奏するベートーベンのピアノソナタ

「熱情」を聴《き》いてぶっ飛んだ。

鍵盤《けんばん》の上をめまぐるしく動き回る指。その指が奏《かな》でる力強いメロディー。すごい！　上手《うま》い！　天才だわっ！

一目ぼれ、ならぬ一耳ぼれした千加は、その足で楽屋をたずねていった。熱心に感想を語る千加に、伊集院も興味を引かれた様子だった。それがきっかけで、ふたりはなんとなく、つき合うようになっていたのだ。

伊集院先輩《せんぱい》なら、ぜーったい、いい曲をつけてくれると思う。現に、この春休みに開催《かいさい》されたピアノコンクールでは、課題曲のほかに自作の小組曲を弾《ひ》いて審査員《しんさいん》をうならせ、堂々の優勝を飾《かざ》っているのだ。

ううん、作曲してくれるだけじゃなくて、もしかしたら、

「よし、わかった。こうなったら、当日はおれが伴奏《ばんそう》するよ」

なんて、うれしいことをいってくれるかもしれない。そしたらもう、芝居《しばい》は成功したも同然じゃない。あるいは、伊集院先輩とあたしの関係も、これを契機《けいき》に大発展したりして……あっと、いけない、なに考えてるのよ、あたしったら。そんな場合じゃないよね。

バラ色の夢想を振《ふ》り払《はら》うように、千加は脚本《きゃくほん》に専念する。

カシャカシャ、カシャカシャ、カシャカシャ、パッシーン！　だんだん終わりが見えてきた。

カシャカシャ、カシャカシャ、カシャカシャ、パッシーン！　いよいよクライマックスにさしかかる。あと少しだ。

カシャカシャ、カシャカシャ、カシャカシャ、パッシーン！　やったあ！　千加は一気に脚本《きゃくほん》を書き上げていた。

「終」

最後にそう打ちこんで、千加はふーっと大きく息をはいた。うん、まずまずのできなんじゃないかな。あとは細かいところに手を入れて、完成稿《かんせいこう》に仕上げればいい。時間もそれほどかからないだろう。ここまでくれば、もう楽勝ね。

グーッ。お腹《なか》が鳴った。そういや、お昼のお弁当のあと、いままで、なんにも口にしていない。お腹へった。だいたい、何時なの、いま？

げげっ！

腕時計《うでどけい》を見て、千加はさすがにあわてた。集中していたせいで、時間感覚がすっ飛んでいたらしい。なんと十時を過ぎている。

ヤバイよぉ。頭からツノを生やした母親の顔が、まぶたの裏に浮《う》かんできた。こんなことなら、とちゅうで家に電話を入れておけばよかった。けど、もう手遅《ておく》れだ。ともかく急いで帰らなくっちゃ。あとはあしただ。家にはワープロはないから、あした日曜登校して、作業をつづけるしかない。

書き上げた原稿《げんこう》の最後に、記録の意味で現在の時刻を打ちこみ、フロッピーディスクにセーブする。あたふたと身支度《みじたく》を整え、部室を飛びだす。そんないきさつで、千加はいま、ドングリ坂を下っているのだった。


数分後。

クヌギ並木の坂道は、学校の正門へと通じるだらだら坂「桜通り」に合流していた。その名のとおり、広いアスファルトの坂道の両側には、樹齢《じゅれい》百年を越《こ》す何十本もの桜の巨木《きょぼく》が、夜空を突《つ》いて伸《の》び上《あ》がっている。

先週までは満開だった桜の花も、すっかり散ってしまっていた。舞《ま》い落《お》ちたピンクの花びらで、坂道はびっしりと埋《う》め尽《つ》くされている。

そうそう、さっきの脚本《きゃくほん》。

冒頭《ぼうとう》の部分を千加は思いだす。深夜の学校から出発する少年と少女。それ、こんなふうな桜の道からっていうシチュエーションにしてはどうだろう。うんうん、悪くないかもね……そうだ、いっそのこと、桜の花びらは全部、血みたいに真っ赤っかにしてしまうって手は？　そうしたら、ぐっとホラーっぽい雰囲気《ふんいき》になるかも。なにしろ、学校を出たふたりはまっ先に、吸血鬼《きゅうけつき》の村に迷いこんでしまうのだから。血の桜は、そのことを暗示しているとか……。

ガサッ。

左手のほうで、かすかな物音がした。

えっ、なに？

木の下の茂《しげ》みに、千加は目を走らせる。ネコかな？　学校のキャンパス内には、かなりの数のノラたちが棲《す》みついているらしかった。その一匹《ぴき》がエサでも探して……。

ガサガサッ。

さっきよりずっと大きな物音がした。同時に、茂みが小刻みに揺《ゆ》れ動《うご》く。千加の心臓が跳《は》ね上《あ》がった。ネコ……じゃないかもしれない。ネコじゃなかったら、いったい……。

怖《こわ》い想像が、急速にふくれあがっていく。自分で書いた脚本《きゃくほん》が頭によみがえってきて、千加の背筋が寒くなった。ふたりが迷いこんだ吸血鬼の村。昼間は無人の村なのに、夜になると様相が一変する。夕日が沈《しず》むのとともに、地面の中から吸血鬼がもこり、もこりとあらわれでてくるのだ……。

「だから、なによ?」

気を取りなおすように、千加は自分に向かって問いかけた。まさかいまの音も、吸血鬼《きゅうけつき》が立てたっていうつもり? なにをバカバカしいことを……でも、だれかの小説にあったじゃない、「桜の木の下には死体が埋《う》まっている」って。だったら、この桜の木の根元に吸血鬼のねぐらがあったって……。

「だからあ、ないってば、そんなバカなこと」

千加はふたたび声にだしてつぶやいた。つまんないこと考えてないで、急ごうっと。

前方に、闇《やみ》に浮《う》かぶ校舎群が見える。桜通りをはさんで、左が中学校舎、右が高校校舎だ。あのあいだを通《とお》り抜《ぬ》け、その先のカーブを右折すれば、校門まではもう一直線だ。

この時間、門はとっくに閉まっているはず。守衛小屋のおじさんに事情を話して、あけてもらわなくちゃ。もし巡回《じゅんかい》にでも出ていて留守だったら、門の鉄柵《てっさく》をよじ登らなけりゃならない。

それだけはヤだな……。

ジワリ。

夜の闇が濃密《のうみつ》さを増し、千加をみっしりと包みこんだような気がした。ブルルッ。千加は体を震《ふる》わせ、足を早める……早めようとしたが。

ガサガサガサッ！

激しい物音といっしょに、黒い影《かげ》が、深川千加に飛びかかってきた。あっと声を立てるひまもなく、みぞおちに鈍《にぶ》い衝撃《しょうげき》が走る。パンチをたたきこまれたのだ。

うぐっ。千加の体が前のめりになる。頭の両側のおさげ髪《がみ》が垂直にたれる。

ガツン。

こんどは後頭部を一撃《いちげき》された。千加はそのまま、意識を失った……。

Chapter 2

超能力《ちょうのうりょく》トランプ

1

オタマジャクシ・ミュージックは、結局、完成を見ないまま終わった。音符《おんぷ》に見立てられたオタマジャクシたちが、翌週、四月十五日の月曜日、部室にきてみたらみんな死んでしまっていたのだ。

「しまったな。やっぱり、水道のカルキ臭《しゅう》がマズかったのか……」

苦虫を噛《か》みつぶしたような顔でつぶやく今泉に、のぞみが詰《つ》め寄《よ》った。

「水道の水なんか使ったのか？　なんでだよ、純さん。卍沼《まんじぬま》から獲《と》ってきたんだろ、オタマジャクシ。だったら水もいっしょに汲《く》んでくりゃよかったじゃんか」

「だめだめ。卍沼《まんじぬま》の水はにごっている。それじゃあ、かんじんの五線譜《ごせんふ》がよく見えないだろうが」

「ああ、そういやそうか。どうするよ、純さん。また獲《と》りに行くか、新しいオタマジャクシ？」

「いや、もういい」

今泉は肩《かた》をすくめて、

「なんか気勢をそがれちまった。きょうの活動は中止だ、中止」

レイはほっとしたような、その一方でがっかりしたような気分だった。わたしもいちおう現アカ研のメンバーだ。偶然性《ぐうぜんせい》音楽に疑問はあっても、協力しないわけにもいかないわよね。そう考えて、レイも楽器を持参してきたからだ。

ついこのあいだの春休み、風浜市《かぜはまし》最大の繁華街《はんかがい》・森崎町《もりざきちょう》で手に入れた陶器製《とうきせい》のオカリナだった。

その日。風鈴堂《ふうりんどう》書店にミステリー本を探しに出向いたレイは、目抜《めぬ》き通《どお》りのオレンジ・ストリートにでている露店《ろてん》にふと目を引かれた。色とりどりのオカリナが売られていたのだ。そのうちのひとつ、渦巻《うずま》き模様《もよう》が描《えが》かれたものがすっかり気に入ってしまい、本代をはたいて購入《こうにゅう》したのだった。それからずいぶん練習して、ひととおり吹《ふ》きこなせるようになってはいる。

あ、そういえば。

唐突《とうとつ》に、レイは思いだしたことがあった。ちょっとした事件があったんだっけな、あのとき。

レイのとなりで、熱心にオカリナを物色している若い男がいた。そいつが、プラスチックのオカリナを上着のポケットに滑《すべ》りこませるのを、レイははっきり目撃《もくげき》したのだ。男はそのまま立ち去ろうとする。

万引きだ！

「待ちなさい！」

「ちょっと待てよ、おまえ！」

レイの声に、野太い声がかさなった。声の主は、学生服の大柄《おおがら》な少年だった。襟《えり》に「白高」のバッジがある。県立白岡《しらおか》高校の生徒にちがいない。彼《かれ》もまた、万引きの現場を見ていたのだ。

若い男が、脱兎《だっと》のごとく駆《か》けだした。

「あっ、待てっ！」

少年があとを追う。勝負はわずか二十メートルでついた。あっというまに男に追いつくと、少年は襟首をつかんで足払《あしばら》いをかけた。若い男がもんどりうって倒《たお》れる。その体を膝《ひざ》で押《お》さえこみ、少年は男のポケットを探《さぐ》る。あのオカリナがでてきた。

「はい、これ」

駆《か》けつけてきたヒゲの露店主《ろてんしゅ》にオカリナを手渡《てわた》し、少年はいった。

「どうしますか、こいつ？」

「そうだなあ……ま、きみのおかげで商品は無事にもどったし、かんべんしてやろうかなあ。おい、あんた、もう二度とするんじゃないぞ、こんなこと」

若い男がうつぶせの姿勢で、ガクガクと首をタテに振《ふ》った。少年が立ちあがり、男を解放する。男はそのまま四《よ》つん這《ば》いで、集まってきた野次馬の輪の外へ、こそこそ逃《に》げ出《だ》していった。

一件落着ね。レイはほっと胸をなでおろす。学生服の少年がレイにニヤッと笑いかけた。

「勇気あるなあ、きみ」

「えっ？」

「止めようとしたじゃないか、あいつを。ふつうの女の子にゃ、あんなマネはできないぜ。感心したよ。あ、おれ、白高の二年で、内山太一《うちやまたいち》っていうんだ」

「内山さん？　わたしは野沢《のざわ》レイよ。天の川学園高校の一年生」

「レイさんか。いい名前だな。それじゃ、機会があったらまた会おうぜ」

そういうと、少年はヒラヒラ手を振って歩き去っていった。後ろ姿を見送りながら、レイは

思った。あのダッシュ力と、あの腕力《わんりょく》。なによりあの正義感。内山さんって、将来は刑事《けいじ》になればいいんじゃないのかな……。

2

ガラガラガラッ。

その音で、レイは回想から引きもどされた。

「じゃ、な。先に帰るぞ、おれ」

引き戸を乱暴にあけ、今泉はそそくさと部屋を出ていった。ガラガラ、ピシャン。戸が勢いよく閉まる。

よっぽどショックだったのかな、今泉さん。どうでもいいけど、なんだかだだっ子みたいね。

レイはクスッと笑う。さて、と。ほんとに中止なんだ、きょうの活動。しょうがないな。じゃあ、わたしも帰ろうかしら。

「あのー、のぞみ姉《ねえ》」

「ん、なんだよ、慎吾《しんご》」

な……。

慎吾とのぞみのやりとりに、レイは呆然自失《ぼうぜんじしつ》した。いまなんていったの、慎吾くん？　のぞみ、姉？　ど、ど、どうしたのよ、トツゼン？

「あはは、そんな顔しないでくださいよ、レイさん」

レイの様子に気づいたらしい。慎吾が頭をかきかき、

「先輩《せんぱい》はやめろって、ずーっといわれつづけてましたからね。で、かわりに、そう呼ぶことに決めたんです。ゆうべ、電話で、ちゃんと了解《りょうかい》も取りましたから。ですよね、のぞみ姉？」

「あ、ああ、まあな」

のぞみはまんざらでもなさそうな顔をしている。わたしだったら、と、レイは思う。そんな呼び方されたら、くすぐったくてたまらないでしょうけど。ま、本人がいいのなら、それでいいか。

「えっと、それで？　なんか、話でもあるのか？」

「ええ。じつはぼく、偶然性《ぐうぜんせい》音楽に関して、ふと思いついたアイデアがあるんです。その件で、よかったらのぞみ姉にも協力してもらえないかなって。時間ありませんか、このあと？」

「ああ、いいぜ。なにやるんだ？」

「このキーボードを使って、ちょっと」

きのう宣言したとおり、慎吾は八十八鍵《けん》のキーボードを持ちこんでいたのだった。

「わかった。なんか知らないけど、おまえにたのまれちゃあ断れないもんな。まかせとけって」

のぞみはげんこつで胸をたたくと、レイのほうを見た。

「レイは？　レイの協力は必要ないのかよ、慎吾？」

「ええ、今回は。なにしろこのアイデアってあんまり、レイさんみたいな冷静な頭脳派向きじゃないですから」

「ん？　てことは、あたしは頭脳派じゃないっていいたいのか？　じゃあ、何派だよ？」

「そりゃあもちろん、異常感覚派……」

「なにをっ！」

「いや、だから、その、感性が異常なくらいすぐれてるってことです。だからこそ、のぞみ姉にお願いしてるんじゃないですか」

「そ、そうか？　そんなにすぐれてるか、あたしの感性？　あはは、よくわかってるじゃんか、慎吾。よーし、それじゃ、ぼちぼちはじめるか？」

ふたりだけで話がどんどん進んでいく。レイは苦笑《くしょう》した。ついていけないわね、このふたりのペースには。いったいなにをたくらんでいるのか、このつぎにじっくりきかせてもらうとするか。

「わたしはこれで。のぞみさん、慎吾くん、お先に」

いいおいて、レイは部室をあとにした。

ええと、これからどうしよう……そうだ、ひさびさに古本屋巡《めぐ》りでもしようかな。などと考えつつ廊下《ろうか》を進み、玄関《げんかん》にさしかかったときだった。

「あっ！」

「うわっとっと！」

チェシャ猫館《ねこかん》に飛びこんできた少年と、レイはもう少しで正面衝突《しょうとつ》しそうになった。

「ご、ごめんごめん、だいじょぶだった？　ちょっとあわてて……おやっ？」

足を止めた少年は、レイの顔をまじまじとのぞきこんで、ことばをつづけた。

「きみ、野沢レイさんだよね」

「ええ、そうだけど、あなたは……あら、たしか、石田《いしだ》……洋平《ようへい》くん？」

「あ、おぼえててくれたんだ。やった！」

少年はまぶしそうな目でレイを見つめ、うれしそうに笑う。

高校にあがってレイは一年A組に振《ふ》り分《わ》けられ、同時に生徒会委員に選出された。石田洋平もやはり生徒会の委員で、一年C組の生徒だった。ふたりは先週のミーティングで、初顔合わせしたばかりだったのだ。

「ただし、野沢さん。ここ、チェシャ猫館《ねこかん》にきたときは、べつの名前で呼んでほしいな」

「べつの名前？」

「そう。ここでは、ぼく、石田天天《てんてん》と名乗っているんだよ」

てんてん？　なんだかパンダみたいね。笑いを噛《か》み殺《ころ》しつつ、レイは質問した。

「それは、ひょっとして、ペンネーム？」

「じゃなくて、芸名さ。マジシャンズ・ネームっていったほうがいいかな」

「えっ、マジシャンズ・ネームって……」

「じつはぼく、マジック研究会に所属しているんだ」

誇《ほこ》らしげにそういって、石田天天こと洋平はレイに誘《さそ》いをかけてきた。

「そうだ、野沢さん。よかったら、いまからうちの部室にこないか。見せてあげるよ、ぼくのマジック。あっと驚《おどろ》かせてみせるからさ、ぜったいに！」

3

マジック研の部室は三階のいちばん手前、階段をのぼりきったすぐ横の三〇一号室だった。入り口の引き戸に「マジック研究会」と書かれたプレートがあり、周囲にはトランプがベタベタ貼《は》りつけられている。マジックのシンボル、ということだろう。

レイが誘《さそ》いに乗ったのは理由があった。マジックにはもともと興味があったからだ。テレビのマジック番組はよく見ていたし、マジック関係の本も何冊か持っている。ただ、プロ・アマを問わず、実演を目にしたことはまだ一度もなかった。

いいチャンスじゃない。せっかく向こうから誘ってくれたんだもの、これを見のがす手はないわよね。

もっとも。

レイは内心で、眉《まゆ》につばをつけてもいた。「あっと驚《おどろ》かせてみせる」なんて大見得を切ったけれど、はたしてどうなのかしら、かんじんの腕前《うでまえ》のほどは。こればっかりは見てみないことには、ね。

おや？

レイの目が、引き戸の上側の壁《かべ》にすいよせられた。チェシャ猫館《ねこかん》の玄関《げんかん》の絵と同じ、ニヤニヤ笑う青い猫があったからだ。レイは質問する。

「ねえ、洋平くん。この絵が、どうしてここに？」

「ああ、これ？　先輩《せんぱい》たちからきいた話なんだけど、この部屋って、むかしは美術部の部室だったんだって。それが……」

部員が増えて手狭《てぜま》になったため、六年ほど前、校舎内の美術室に拠点《きょてん》を移すことになった。で、空いた部室をマジック研がもらい受けた。石田天天こと洋平はそう説明した。

「……このネコの絵は、それよりずーっと前からここに描《えが》かれてたものでさ。消してしまうのももったいないんで、そのまんまにしてあるってきいてるよ。作者は知ってるよね？」

「ええ。村木青銅でしょ、売れっ子イラストレイターの。美術部にいた高校時代に描いたものとか」

「うん、そうそう。いま三十歳《さい》っていうから、もう十何年か前の話だよな。ぼく、けっこう好きだなあ、彼《かれ》のイラスト。あの三つ編みぴょこぴょこの女の子、なんかチャーミングだしさ」

三つ編みぴょこぴょこの女の子、というのはほかでもない。村木青銅のイラストにはよく、少女の絵が描《えが》かれていた。それも、三つ編みの髪《かみ》が頭に何本も直立するという、独特のヘアスタイルの少女ばかりだったのだ。レイも雑誌や広告などで見たおぼえがある。

この「笑《わら》い猫《ねこ》」とは似ても似つかないけれど、と、レイは思う。描きつづけていくうちに、作風もだんだん変化していくものなんでしょうね……。

「ま、そんな話はどうでもいいや。さあ、どうぞ、野沢さん」

天天が引き戸をあけてうながした。

「お邪魔《じゃま》しまーす」

中に踏《ふ》みこんで、レイは息をのんだ。巨大《きょだい》なおもちゃ箱。それが第一印象だった。マジック研の部室は、いろんなグッズであふれかえっていたのだ。

ちょうど正面、窓ぎわの横長テーブルの上に、身長二十センチほどのウルトラマン人形が二体あった。形状は微妙《びみょう》にちがっている。たしかセブンだかエイトだかエースだか名前がついていたはずだけれど、レイには判別できない。

そのふたつにはさまれて、同じぐらいの高さの奇妙《きみょう》な塔《とう》が立っていた。真っ白いボディに赤い曲線が二本描かれ、その横から左右に腕《うで》が突《つ》きだしている。胴体《どうたい》のてっぺんには金色の顔、お腹《なか》には、歪《ゆが》んだ白い顔がくっついている。ええと、あれは……太陽の塔とかいうんじゃなかったかしら。レイの頭の中に、「芸術は爆発《ばくはつ》だ！」と絶叫《ぜっきょう》するおじさんの顔が浮《う》かびあがってきた。そうそう、あの人の作品よね、太陽の塔《とう》。

ほかにもディズニー・キャラのぬいぐるみとか、ポパイにオリーブ、ペコちゃんとポコちゃん、福助、招《まね》き猫《ねこ》など、さまざまな人形がところ狭《せま》しとならんでいるのだった。だれか、人形マニアでもいるのだろうか？

左側の壁《かべ》にはスチール棚《だな》が設置されており、ここにもいろんなものが乗っていた。いちばん上の段に、ブリキのパトカーと救急車、消防車があった。車体はどれも二十センチぐらいあって、かなり精巧《せいこう》な作りになっているようだ。車ばかりではなく、機関車、貨物車両、客船などの模型もある。

つぎの段には広口の壺《つぼ》、積み重なった鉢《はち》と皿、ガラスのコップなど食器類が置かれていた。その横には、白い碁石《ごいし》がぎっしりつまった碁石入れや、小豆《あずき》が山盛り入った一升《いっしょう》マス、裂《さ》け目《め》から植物の種がこぼれでている麻袋《あさぶくろ》などがある。どれもこれも、マジックの小道具なのだろう、きっと。

三段目には野球のグローブ、ボウリングのピン、テニスのラケット、円盤《えんばん》投《な》げの円盤、ラグビーのボールなどなど。みなスポーツ関連のものばっかりだ。それに交じって、赤いエレキギターがでんと横たわっているのが目を引く。

四段目。シルクハットが置いてあるのは、いかにもマジック研らしかった。きっとあの中から、ハンカチとかボールとか、ハトなんかを取りだしたりするのだろう。ほかにも山高帽《やまたかぼう》、ステッキ、手袋《てぶくろ》など、舞台《ぶたい》で使えそうなアイテムがいくつもある。

五段目には、本がズラリとならんでいた。マジック関係の本が大多数だったが、なぜか電話帳や郵便番号簿《ゆうびんばんごうぼ》、天の川学園の同窓会名簿まである。

反対側の右の壁《かべ》には、マジシャンのポスターがびっしり貼《は》られていた。たとえば、アレクサンドル・コーンフィールド。イリュージョンと呼ばれる大仕掛《おおじか》けなマジックで、世界でも三本の指に入る超《ちょう》有名マジシャンだ。自由自在に空中を浮遊《ふゆう》したりする幻想的《げんそうてき》なステージは、レイもテレビで見て驚嘆《きょうたん》したおぼえがある。

きいたことのない名前もあった。右端《みぎはし》のほうに貼られているポスター。二十代後半ぐらいの男女のペアで、「マジックZOO」と署名がある。どことなく男性のほうはコアラ、女性はカンガルーに似ている。一度見てみたい気もするけれど、でも、どこに出演しているのかしらね？

そんなポスター群のまん真ん中に、ひときわ派手派手しい女の子がいた。ひらひらしたピンクの衣装《いしょう》に、まっ赤なブーツ。髪《かみ》の毛《け》に金のティアラが光っている。人気急上昇《きゅうじょうしょう》中の少女マジシャン・咲田天花《さきたてんか》だ。「マジックもできるアイドル」として、いま連日、テレビで引っぱりだこになっている。熱狂的《ねっきょうてき》ファンは「天花姫《てんかひめ》」と呼び、ほとんど崇拝《すうはい》しているという話だった。

熱心にポスターを見つめる石田天天こと洋平の姿が、レイの横目にチラッとうつった。

ん、もしや？

ふと思いついたことがあって、レイは問いかけた。

「ねえ、洋平くん。マジシャンズ・ネームの天天って、もしかして『天花』の『天』から取ったわけ？」

「えっ？」

ポスターから視線を引きはがすと、天天は心外そうな表情で、

「ち、ちがうよ。知らないかなあ、野沢さん。天がつくのは、マジック界じゃ由緒《ゆいしょ》ある名前なんだよ。明治時代の松旭斎天一《しょうきょくさいてんいち》にはじまって、その弟子の天勝《てんかつ》、天洋《てんよう》とかね。この天勝の一座に、石田天海《いしだてんかい》って人がいたんだ。アメリカに渡《わた》って大成功をおさめた天才マジシャンなんだけど。ぼく、この天海を尊敬しててさ。名字も同じ石田だし。それで勝手に天天を名乗ることにしたんだよ」

そう説明したあと、天天はニッと笑ってつけくわえた。

「もちろん、天花姫も大ファンだけどさ。それより野沢さん、そろそろはじめようか。そこにすわってくれるかな」

4

天天こと洋平の指示で、レイは部屋中央の机の前にすわる。向かい側の椅子《いす》に腰《こし》をおろすと、天天は机の引き出しをあけて、四角い箱を取りだした。トランプだ。

「それじゃ、基本のトランプ・マジックからいくよ。本当はカードというんだけれど、日本ではトランプのほうが一般的《いっぱんてき》だから、そう呼ぶことにしとくよ」

天天は箱のふたをあけて、さかさに振《ふ》った。ザザザッと、机にトランプがこぼれでる。一山にまとめると、天天は左手でつかみあげ、右手でさーっとなでた。一瞬《いっしゅん》でトランプが扇状《おうぎじょう》にひらく。ふーん、みごとなものじゃない。レイはパチパチ拍手《はくしゅ》する。軽く目礼すると、天天はあらたまった口調で、

「はい、ここに五十二枚のトランプがあります。これを三つの山に分けます。こう、こう、こう、と」

扇状《おうぎじょう》のトランプを元にもどしてシャッフルすると、三つの山にして、裏返しの状態で机に重ねていった。数枚の山、その倍ぐらいの山、残りの山の三つだ。

「この最後の山は使わないので、どけておきましょう」

そういって、天天はいちばん枚数が多い残りの山を端《はし》っこに追いやり、ふたつの山を机の中央にならべた。と、ポケットからやおら手帳を引っぱりだし、ボールペンでサラサラ書きこみをはじめる。そのページをやぶりとり、四つに折りたたんでレイに手渡《てわた》して、

「まだ見ないで、しっかりと握《にぎ》っていてください」

いわれたとおり、レイは左手で紙を握りしめる。天天がつづけた。

「じつはその紙には、ある予言が書いてあるんですよ。そしてこれから、予言どおりのことが起きるはずです。ためしてみましょう。野沢さん、このふたつのトランプの山のうち、好きなほうを選んでください」

ふむ、そうきたか。いったいなにをする気なのか、お手並み拝見だな。レイは向かって右側、枚数が多いほうの山を指さした。

「じゃあ、こっちを」

「こっちですね。でも、本当にこっちでいいんですか？　いまならチェンジできますよ。どうし

ます？」

「いいわ、こっちで」

「わかりました。それでは」

レイが選んだ山を、天天は右手で軽くひとなでした。裏返しのまま、トランプが一列に伸《の》びる。

「何枚あるか数えてくれませんか、野沢さん」

一枚、二枚、三枚……レイは指でカウントしていく。全部で八枚あった。

「八枚だけど」

「ええ、そのようですね。えーと、さっきの紙はまだ持っていますね？」

「ええ、ここに」

左手をひらき、レイはたたんだ紙を見せる。天天がうんとうなずいて、

「よろしい。それでは、紙をひらいてください」

「はーい」

四つ折りの紙をゆっくりひらいて……レイはあっと叫《さけ》びそうになった。黒い文字で、こんな「予言」が書かれていたからだ。

『あなたは8の山を選ぶ』

「どうだい、野沢さん。みごと的中しただろう、予言。感想は？」

マジシャン口調からふつうのことばづかいにもどり、天天は会心の笑《え》みを浮《う》かべた。

どうして？

レイは眉《まゆ》のあいだにしわを寄せて考えこんだ。なぜ「予言」は当たったのか？　じつは予言の紙は二枚あって、結果がでてからこっそりすりかえたとか……ううん、それは絶対にない。折りたたんだ紙は、ずっとわたしの手の中にあったんだもの。

では、どんなトリックが？

ひとつ考えられるのは、どっちの山を選んでも、予言のことばが当たるようにし向けておくことだ。わたしが選んだのは右の山だった。こっちは八枚だったから、「8の山を選ぶ」で大当たりだった。

では、そっちを選ばなかったら？

向かって左、枚数が少ないほうの山をレイは凝視《ぎょうし》した。何枚あるのか……おそらく三～四枚だろう。もしわたしがこっちの山を選んでいたとしたら、どうするつもりだったのかしら、天天こと洋平くんは？　トランプの枚数はごまかしようがない。それでも予言が的中するためには……ん、待ってよ、8の山って……ああっ、そういうことか！

あなたは
8の山を選ぶ

「わかったわよ、洋平くん、いまのトリック」

そういいざま、レイは左の山に手を伸《の》ばした。

「あっ、だめっ、それは！」

天天があせり顔で制止したが、レイの手のほうが早かった。左の山をひっくり返して、机にさっとひろげる。全部で四枚。表向きになったマークは、こうなっていた。

♠8 ♣8 ◆8 ♥8
「やっぱりね。思ったとおりだわ。こっちも立派な『8の山』じゃない。つまりどちらを選んでも、予言は当たるようになっていたというわけ。四枚の『8』はあらかじめひとつにまとめておいて、ラストのシャッフルで山のいちばん上にくるようにしておいた。ちがう、洋平くん？」

「……正解。もしかして野沢さん、知ってたの、いまのマジック？」

「ううん。見たのは、いまがはじめてよ。ただ、論理的に考えれば、それしかあり得ないもの、トリック」

「ふうん、よくわかったなあ。でもね、いまのはほんの小手調べでさ」

タネを見やぶられてガックリするかと思いきや、石田天天こと洋平は逆に、ファイトまんまんの顔つきになった。これがマンガだったら、目の中で炎《ほのお》がボッと燃えあがっているところだ。

「よーし、それじゃあ、つぎいくぞ。こんどのは、とっておきのマジックだからね。見やぶれるものなら見やぶってごらんよ、野沢さん！」

マズったかな。レイは内心ペロッと舌をだした。わたし、マジシャンのプライドに火をつけてしまったかも。マジックの楽しみはタネを見ぬくことじゃなくて、見てびっくりすることなのに……。

とはいうものの。そこまで挑戦的《ちょうせんてき》なことをいわれては、あとには引けなくなった。レイは椅《い》子《す》にすわりなおして、つぎのマジックを待ち受ける。

5

「つぎのもまた、トランプ・マジックだ。こんどは、スペードだけを使う。いい、よく見ててよ」

いま使ったトランプから、天天はすばやい手つきでスペードだけをより分けていった。A（エース）からK（キング）まで十三枚のスペードのトランプが、たちまち、机の上に勢ぞろいした。

つぎに天天はポケットから封筒《ふうとう》を取りだし、口を開いた状態で表向きに机に置いた。カーキ色で、トランプとほぼ同じサイズだ。マジシャン口調にもどって、天天が口上を述べだした。

「この封筒は厚いので、中に入れたトランプが透《す》けて見えることはありません。確認《かくにん》してもらいましょう」

左手の親指と人さし指で封筒の角をつまむと、天天は十三枚のトランプのうち♠J（ジャック）を右手でつかみ、レイの目の前で封筒に入れた（写真1〜4）。

「ほら、なにも見えないでしょう。いいですね、野沢さん」

つまんだ封筒の表と裏を、天天は交互《こうご》にレイのほうに向けた。たしかにまったく見えない。レイはコクンとうなずく。

「よろしい。それではははじめます」

封筒から抜《ぬ》きだした♠Jを、ほかの十二枚とまぜてよくシャッフルすると、天天はそのままレイに手渡《てわた》した。封筒のほうはさっきのように机にもどす。

「その十三枚の中から、ぼくには見えないようにして好きなカードを一枚選び、記憶《きおく》してください。記憶したら、伏《ふ》せて、封筒の横に置いてください」

そういうと、天天はスチール棚《だな》から大皿を一枚持ってきて、机の端《はし》に置いた。なにか趣向《しゅこう》があ

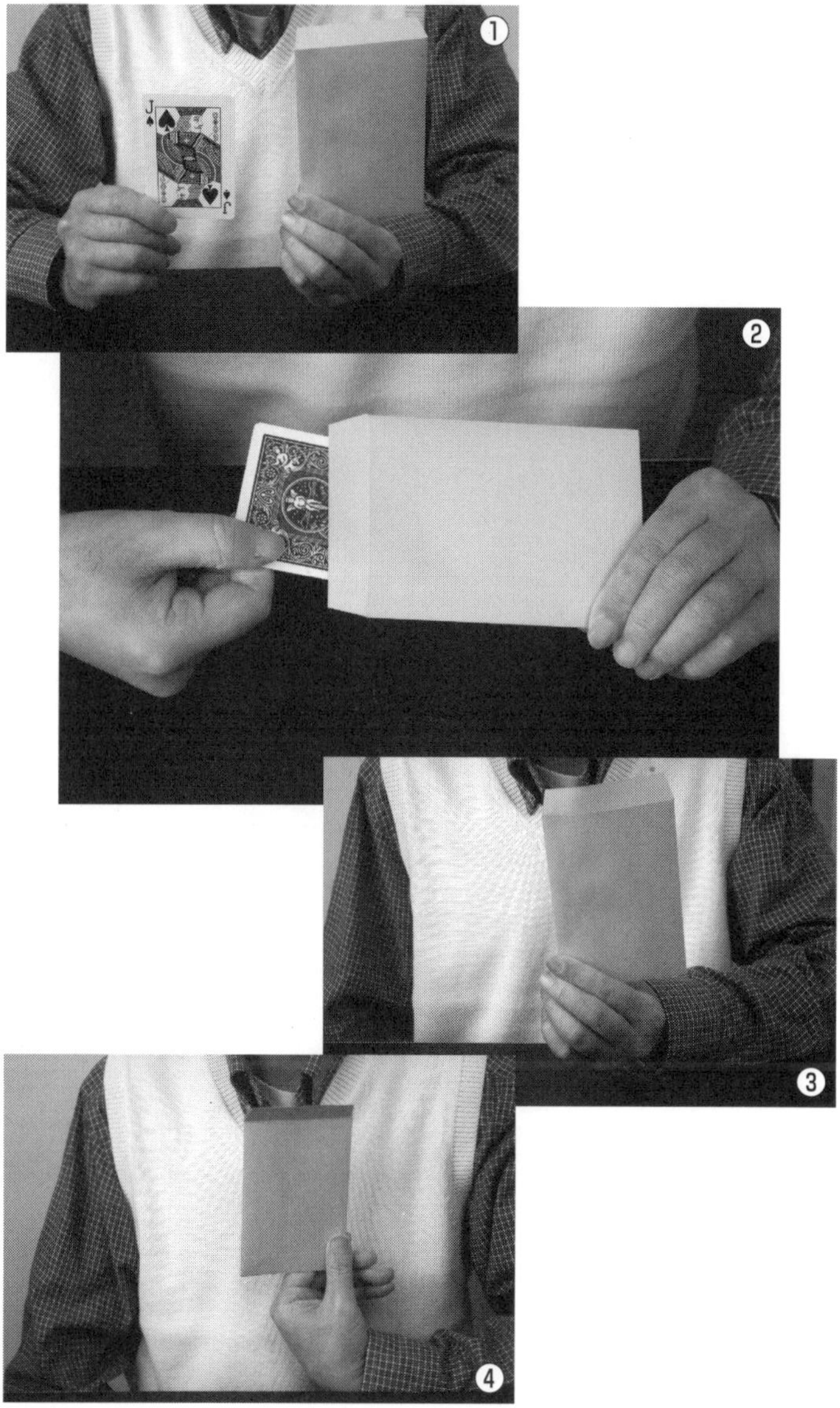
①
②
③
④

るようだ。

ええと、どのトランプにしようかな……決めた、これ。レイが選んだのは♠K（キング）だった。天天の指示どおり、封筒《ふうとう》の横に裏向きにしてならべる。

「はい、これでいいかしら」

「結構です。選んだトランプをそのまま封筒に入れますよ」

伏《ふ》せたままのトランプを滑《すべ》らせるようにして、天天は封筒におさめていく。

いま、完全に中に入った。

こんどはしっかり口を閉めると、天天はさっきと同様、左手の親指と人さし指で封筒をつまみあげた（写真5～7）。

「というわけで、この封筒にどのトランプが入っているのか、ぼくにはまったくわかりません。そしてこうすれば、ますますわからなくなります」

あっ!!

レイは思わず声をあげそうになった。天天がポケットから百円ライターをつかみだすと、封筒にいきなり火をつけたからだ。油でも引いてあったのか、封筒はボッと燃えあがった。むろん、中のトランプもいっしょに。

「熱つっ」

燃える封筒《ふうとう》を、天天は机の大皿に放《ほう》り投《な》げた。メラメラメラ。封筒とトランプは、見る見るうちに灰と化していく。

レイはがくぜんと見まもるばかりだった。封筒から、トランプはでていない。燃えてしまったことはまちがいないだろう。天天こと洋平くん、どう収拾《しゅうしゅう》をつける気なのかしら、このマジック？

「ふふふ。驚《おどろ》いているようですね、野沢さん」

レイの顔をのぞきこむと、天天はもっと驚くべきせりふを口にした。

「けれど、ご安心を。じつはこのスペードのトランプには超能力《ちょうのうりょく》があるのです。燃える寸前にトランプは封筒から脱出《だっしゅつ》して、すでにある場所へテレポーテーションしているんですよ」

「えっ？　テレポーテーションって……どこかへ念移動したってこと？」

「そうです。さあて、どこへ行ったものやら……あ、待ってください。いま、トランプからテレパシーが届きました。え？　え？　どこにいるって？」

こんどはテレパシー？　ウソね。お芝居《しばい》に決まっているじゃない。そう思いつつも、レイはかたずを飲んでなりゆきを見まもる。

「え、なんだって？　ええええっ、しょうがないなあ、まったく」

舌打ちして、天天は肩《かた》をすくめた。

「わかりましたよ、野沢さん。あのトランプ、移動中になにか悪さをしでかして、警察にごやっかいになっているそうです」

「は、警察？」

「ええ。いま、連れもどしてきますから」

スチール棚《だな》の最上段から、天天はブリキのパトカーをおろしてきた。そのまま机に安置し、助手席のドアをあける。

座席に一枚のトランプがあるのが見えた。天天が指でつまみあげ、レイの前に差しだす。

♠Kだった。

「どうですか、野沢さん？　あなたが選んだのはこれにまちがいありませんね？」

うそっ!?

レイはさすがにどぎもをぬかれた。どうしてそんなところに？　いつのまに移動したの？　どんなトリックで？　ぜんぜん見当がつかない。

「ね、ね、洋平くん。もう一度やってくれない？　ね、お願い！」

レイは両手を合わせ、拝む仕草をする。天天はしぶい顔で、

「あのさ、野沢さん。サーストンの三原則っていうの、知らないかな?」

「いいえ」

「名人と讃《たた》えられるマジシャン、ハワード・サーストンが提唱したといわれているものでね。こういうんだよ。

その一・これからどんなマジックをやるか前もって説明しない。

その二・同じマジックを同じ場所で繰《く》り返《かえ》し演じない。

その三・マジックのタネ明かしは決してしない。

ってわけでさ。もう一度やるのは、原則その二に反することになる。だから、だめだ……といいたいところだけど」

いったんことばを切り、天天はもったいぶった口調でつづけた。

「でも、まあ、ほかならぬ野沢さんにお願いされて、断るんじゃあ男がすたる。もう一回だけ、やってもいいかな」

そうこなくっちゃ。なにが「ほかならぬ野沢さん」なのかは、よくわからないけれども。

6

「それでは、リクエストにおこたえして。ただし、♠Kはテレポーテーションで疲《つか》れたようだから、今回は使用しません。それじゃ野沢さん、残りの十二枚から一枚選んでくれませんか」

そういって、天天はポケットから新しい封筒《ふうとう》を取りだす。では、いくわよ。レイは気合いを入れて、トランプを選択《せんたく》した。こんどは♠10だ。

一回目とまったく同じ手順でマジックは進行した。封筒にトランプを入れる。火をつける。大皿の上で灰になる封筒とトランプ。さて、こんどはどこに移動したのか?

「ははあ」

部室をグルリと見まわして、天天はニタリと笑った。

「こんどのトランプはミーハーらしいですね。それも美少女好きのようだ。テレポーテーションした先は、はい、ここです!」

壁《かべ》に貼《は》った咲田天花のポスターに歩み寄り、天天は上の二本の画鋲《がびょう》をはずした。ポスターが裏返しになって、下向きに垂れさがる。そして。「天花姫」の顔のちょうど裏側の位置に、♠10

がセロハンテープで貼《は》りつけられていたのだった。

「どうです？　こんどのも合ってますよね、野沢さん？」

ポスターからはがした♠10を突《つ》きつけ、天天は念押《ねんお》しした。

「ええ、合ってるわ。合ってるけど……」

ふと、レイは疑念をおぼえていた。たしかに♠10だ。しかし、これが本当に、レイが選んだあ、い、ハ、ハ、プのトランプなのかどうかは、わかったものではない。デザインなどどれも同じだ。べつの一組の♠10だったとしても、見わけられっこないはずだ。

ということは……あ、もしかして。

ある推理がレイの脳細胞《のうさいぼう》のあいだを駆《か》け抜《ぬ》けていった。

部室のどこか十三か所にあらかじめ、♠A～♠Kの十三枚のトランプを隠《かく》しておく。そうするだけで、この「超能力《ちょうのうりょく》トランプ」マジックは可能となるではないか。客が選んだトランプは、封筒《ふうとう》といっしょに本当に燃やしてしまう。で、同じトランプを隠し場所から取りだせばいいのだ。

ただし。

レイの目が宙をさまよった。

いまの推理にはひとつだけ、大きなネックがある。ほかでもない。わたしが選んだトランプがなんだったか、天天こと洋平くんは知らなかったはず、という点だ。裏返しのまんま、分厚い封《ふう》筒《とう》に入れてしまったのだから。そこのところのトリックが解明できないかぎり……ん、ちょっと待って。

レイのまぶたの裏に、ある光景がよみがえった。封筒を持つ天天の手つきだ。左手の親指と人さし指で、封筒の下端《したはし》をつまむようにしていた。

もしも、と、レイは思った。

もしもあの部分に、小さなのぞき穴があけられていたとしたら。

そうすれば、トランプのはじっこに描《か》きこまれた数字や記号がはっきり見えるだろう（写真8〜9）。客に見せるときは、親指をずらして穴をふさいでしまえばいいのだ。

それだわ！

レイは確信した。その手を使えば、客が選んだ♠がなにかはひと目でわかる。のぞき穴つきの封筒は燃やしてしまうのだから、証拠《しょうこ》は残らない。あとは「テレポーテーション」とかいいながら、隠《かく》してあったトランプを取りだすだけの話だ。

どうりで二回目のとき、♠Kは使わなかったわけだ。また選ばれてしまったら困るからだ。

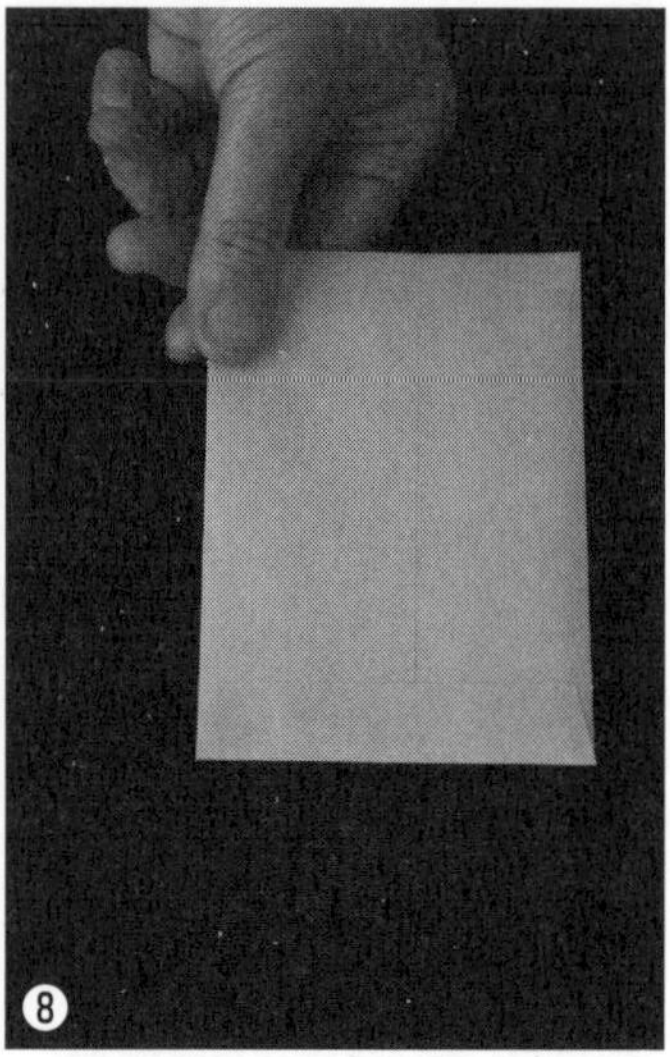
⑧

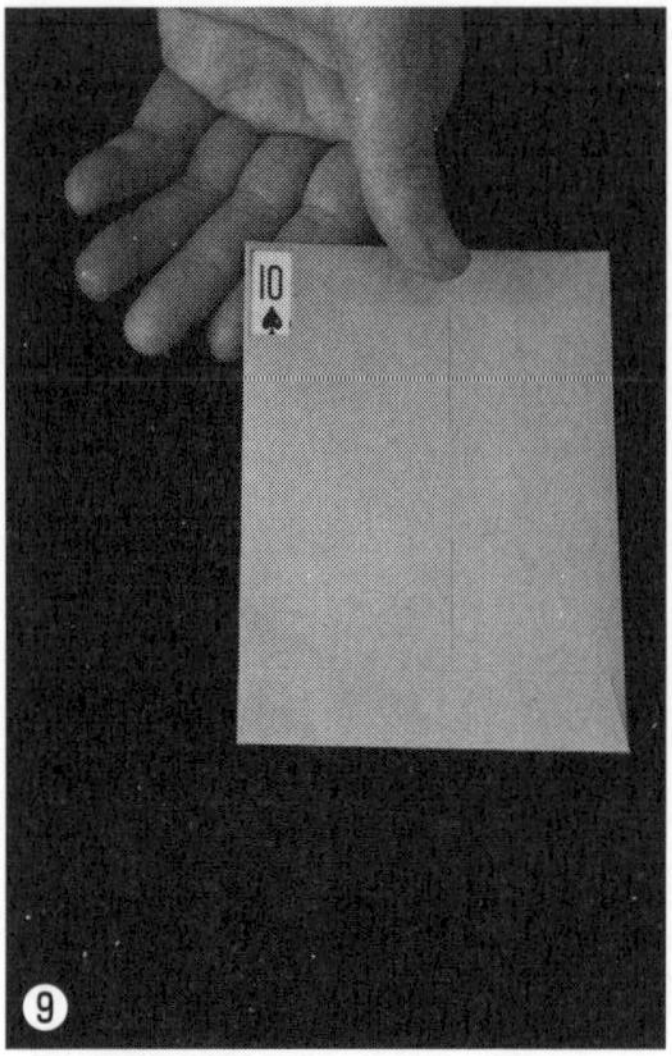
⑨

だってパトカーの中にはもうないのだから、「テレポーテーション」のしようがない。

　そこまで考えて、もうひとつ、レイの頭にひらめくものがあった。

　大《おお》詰《づ》めの段階で、もし、まちがったトランプをだしてしまったらば目も当てられない。だからきっと、絶対にまちがいが起きないようなシステムを考えてあるんじゃないのかしら。

　たとえばいまの♠10。咲田天花のポスターの後ろにあった。「10」は……英語だと「テン」。それと天花の「天」。そう結びつけておぼえておけば、まず誤ることはないだろう。

　では、その前の「K」はどうか？　パトカーの中にあった。パトカー……警察……K

察……K！

ほかの十一枚についても、きっとおんなじような語呂合《ごろあ》わせで、隠《かく》し場所《ばしょ》が決められているのだと思う。そうね、たとえば——。

レイはあらためて、部室内に視線を走らせた。まっ先に、あの太陽の塔《とう》が目に飛びこんできた。もしあの裏か下に隠すとしたら、いったいどのトランプだろう？

よし、連想ゲーム、スタートだわ。塔……とう……10……ちがうな、♠10はすでにでているもの。すると太陽のほうか。太陽……英語だとサン……3……♠3。うんうん、そうかもしれないぞ。

沈黙《ちんもく》をつづけるレイに、天天がからかい口調で話しかけてきた。

「ふふふ、どうしたんだい、トリックやぶりの名人・野沢レイさん。だまりこんでしまってさ。で？　わかったのかな、こんどのトリックも？」

返事するかわりに、レイはつかつかと窓ぎわのテーブルに近寄っていった。

「わたしが思うに、♠3はここにあるのではないかしら」

そういって、太陽の塔にまっすぐ手を伸《の》ばす。天天がギクッとした表情になるのがよくわかった。

図星だったみたいね。

レイはニヤリとして太陽の塔《とう》をつかみ、テーブルから持ち上げた。想像していたのよりずっと軽い。ソフトビニール製かと思っていたけれど、じつはペーパークラフトだったのだ。内部はがらんどうになっている。その中から、一枚のトランプが出現した。

♠3だった。

「やっぱりね。つまりトランプはテレポーテーションしたのではなくて、もともとここに隠《かく》れていたのでした」

演技を終えたマジシャンのように、レイは深々と一礼した。天天はしばらくぽかんとしていたが、やがて頭をかきかき、

「いやあ……まいった。冗談《じょうだん》のつもりだったんだけど、ホントだったんだなあ、トリックやぶりの名人っていうのは。どうしてわかったわけ？」

「ええと、こう考えたのよ……」

さっきの推理を一から説明したあと、レイはひとことつけ加えた。

「どう、洋平くん。ここまでバレてるんだから、もうすべて白状してしまったら？」

「白状って？」

「だから、ほかの十枚のトランプはどこに隠《かく》してあるのかを、よ」
「……ははは、かなわないなあ、野沢さんにあっちゃ。仕方ないか」
天天は「白状」をはじめた。隠し場所はつぎのとおりだった。
♠A＝ウルトラマンエース人形の背中（エース＝A）
♠2＝壺《つぼ》の中（つぼのツー＝2）
♠4＝シルクハットの中（シルクハットのシ＝4）
♠5＝碁石入《ごいしい》れの中（碁＝5）
♠6＝エレキギターの下（エレキギターといえばロック＝6）
♠7＝ウルトラセブンの背中（セブン＝7）
♠8＝鉢《はち》の中（鉢＝8）
♠9＝野球のグローブの中（野球といえばナイン＝9）
♠J＝小豆《あずき》が入ったマスの中（豆といえばジャックと豆の木＝J）
♠Q＝救急車の座席（救急車のキュウ＝Q）
「……ってわけさ。けっこう苦労したんだから、考えるの」
レイは苦笑《くしょう》した。ずいぶん苦しい語呂合《ごろあ》わせもあるわね。でもまあ、わかればいいのだから、よしとするか。

「しっかし、脱帽《だつぼう》だよ、野沢さん。ものすごい推理力。ひょっとして野沢さんって、探偵《たんてい》の才能があるんじゃないのかなあ」

天天は姿勢を正し、レイに尊敬のまなざしを向けた。

「ね、野沢さん。ぼく、もっともっと腕《うで》をみがくからさ。そしたらまた見てもらえる、ぼくのマジック？」

「ええ、もちろん。ぜひ見せてほしいな」

再訪を約束して、レイはマジック研究会をあとにした。

Interlude 2

町野《まちの》さおりの場合・四月十六日

ニャ〜ン。

町野さおりはいつものように「黒猫森《くろねこもり》」に分け入っていくと、木々のあいだにネコ声で呼びかけた。

高校校舎の北側一帯には、キャンパスの敷地《しきち》ぎりぎりまで雑木林がひろがっている。その一角が、ノラたちの住みかになっているのだ。「黒猫森」は、さおりが勝手にネーミングしたものだった。

黒猫だけではなかった。茶トラ、サバ、三毛など、いろんな毛並みのネコがここには棲《す》みついている。

さおりがさっきから探しているのは、きのう、月曜の放課後にはじめて見かけ、「サミアド」と名づけた灰色の子だった。尻尾《しっぽ》は丸っこいけれど、体はやせこけていた。顔はペシャンとしていて、はっきり不細工だ。でも、そこがまたカワイイ。

人に馴《な》れていないのだろう。呼んでも、警戒《けいかい》の目をこっちに向けるだけ。近寄ると逃《に》げていってしまう。茂《しげ》みの中にすばやく走り去る姿を見て、さおりは心配で心配でたまらなくなった。

あんなガリガリの体して、あの子、ちゃんと食べてるのかな、エサ？　決めた。あした、なにか持ってきてあげよっと。

というわけで、きょう、放課後になるのを待ちわびて、さおりは「黒猫森《くろねこもり》」にすっ飛んできたのだった。手にはしっかり、ニボシ入りのポリ袋《ぶくろ》がある。

ニャ～ン、ニャ～ン。

もう一度呼びかける。「どこにいるの、出ておいで」といっているつもりだ。

けれどサミアドからは、なんの反応も返ってこない。我流《がりゅう》の「ネコ語」じゃ、やっぱり通じないんだろうか。英語なんかどうでもいいから、学校で教えてくれればいいのにな、正式な動物語。講師は当然ドリトル先生、なーんてね。

ま、そんなファンタジーみたいな話は却下《きゃっか》としても、さ。でも、あれっくらいは認めてくれたってよかったじゃない。ほんっとケチなんだから、ウチの学校って。

春先のちょっとしたごたごたが、さおりの頭によみがえってきた。

高校生になったさおりは、同じ高一のネコ好き仲間を集めて、「ニャンニャンニャンニャン同好会」の結成を申請《しんせい》した。けど学校側から、ダメ出しをくらってしまったのだ。

「ネコ好きはいいですが、サークルにする以上は、文化的活動がともなわなければなりません。もっと具体的な活動方針を提示してください」

というのが「ダメ」の理由だった。そんなこといわれたってさ。その一件を思いだし、さおりはいまさらのようにむくれた。

文化的活動って、なによ?

ネコって、古代エジプトの美術にも登場してるじゃない。王侯《おうこう》貴族にも愛玩《あいがん》されたくらい、高貴な動物なんだから。ネコの存在それ自体が、十分文化的なんだから……あらっ、いまのは?

「ニャーニャー」

どこからか、か細い鳴き声がしたのだ。サミアドかな。さおりは耳をすます。

「ニャーニャー、ニャーニャー」

たしかに聞こえる。えーと、どこに……あっ、あそこだ、あそこ!

昼間もほの暗い雑木林の下生えのあいだで、金色のふたつの目玉が光っている。ペシャッとした顔がおぼろげに見える。うん、あの子にまちがいない。

「おいで〜、サミアド」

さおりはその場にしゃがみ、やさしい声で呼んでみた。これがほんとの猫《ねこ》なで声《ごえ》ってやつだ。親猫の呼び声よりも、ずっと情がこもっている、と思う。なのにサミアドは完全無視を決めこんでいる。

じゃ、こういうのは、どう？　地面に届きそうなおさげ髪《がみ》を、さおりはふるふる揺《ゆ》らしてみた。まだ子どもみたいだし、きっとじゃれついてくる……かと思ったが、やっぱり反応はない。

あっ、そうだ、忘れてたっけ！　ニボシよ、ニボシ！

ニボシのポリ袋《ぶくろ》を、さおりは両手で持ってガサガサいわせた。キラリ。サミアドの目の光が強まったような気がする。そうそう、これこれ。ネコって、こういう音に弱かったのよね。よーし、もっと。

ガサガサ、ガサガサ。

音につられてか、サミアドのペシャンコ顔が茂《しげ》みからのぞいた。

ガサガサ、ガサガサガサッ。

右足が、そろりそろりと前に出てくる。ここぞと、さおりはポリ袋をさかさにして、地面にニボシをぶちまけた。ニボシ特有のにおいが、プーンと立ちこめる。

「ほーら、ほーら。おいしいよ〜」

サミアドに手を伸《の》ばしかけて、さおりはふと眉《まゆ》をひそめた。ニボシとはぜんぜんべつのにおいを、顔の間近に感じたのだ。ツーンと鼻をつくようなにおい。

なにかしら、これは？　保健室でかいだことがあるみたいな……クレオソート……ううん、ちょっとちがうか……きゃあっ！

つぎの瞬間《しゅんかん》だった。

顔の後ろから黒い手がのびてきて、町野さおりの鼻と口をふさいだ。ひんやりした感触《かんしょく》とともに、ツーンとするにおいが鼻腔《びこう》いっぱいにあふれる。

「う、ううっ」

くぐもった声が、さおりの口から漏《も》れた。頭の中全体に、白いもやが立ちこめたような感じがする。待って、これ……ひょっとして……麻酔《ますい》……薬《やく》？

おぼえているのはそこまでだった。意識がふっと途切《とぎ》れ、さおりはそのまま、地べたに突《つ》っぷしていた……。

Chapter 3

太陽の塔《とう》の暗号

1

四月十八日、木曜日。放課後を待ちかねて、レイは三日ぶりにチェシャ猫館《ねこかん》に出向いていった。

足が遠ざかっていたのには理由があった。マジックを見やぶったあの日、月曜日の帰路、ふらっと立ち寄った書店で見つけた翻訳《ほんやく》ミステリーに、ずーっと読みふけっていたからだ。上下二巻、計千二百ページを超《こ》える超《ちょう》大作『小惑星《しょうわくせい》の力学』だ。

いったん熱中すると、とことんのめりこんでしまう習性がレイにはある。それからというもの、話のつづきが気になって気になって、授業もほとんど上の空だった。

「どうした、野沢《のざわ》。なにをぼんやりしているんだ。授業中だぞ。もっと集中しないか」と、クラス担任で数学担当の要俊樹《かなめとしき》先生に叱責《しっせき》される始末だ。そういわれても、気になるものはどうしようもない。

休み時間を待ちわびて、だれとも口をきかずひたすら本の虫と化す。放課後はまっすぐ帰宅して、食事もそこそこにページをめくる。サークル活動にまで手がまわらなかったのも当然だろう。

ようやく読み終えたのがきのうの深夜、というかきょうの明け方近くだった。

物語の舞台《ぶたい》は、スコットランド北部の荒涼《こうりょう》とした原野にそびえる古い城、その名も幽霊城《ゆうれいじょう》。中世のころ建造されたというこの城に、世界中から、名だたる探偵《たんてい》たちが呼び集められる。「ヒースクリフ侯爵《こうしゃく》」の名で送られてきた招待状には、こんなふうな文面がしたためられていた。

幽霊城で奇々怪々《ききかいかい》な事件が起きる。名探偵諸君は一堂に会して推理合戦し、事件の解決に当たっていただきたい。最初に謎《なぞ》を解いた探偵には「探偵王（キング・オブ・ディテクティブ）」の称号《しょうごう》が与《あた》えられ、栄誉《えいよ》を讃《たた》えられるとともに、一千万ドルの賞金が授与《じゅよ》される、と。

招待された探偵は、全部で十三人。そのなかには、東京で起きた戦慄《せんりつ》の事件、「悪魔《あくま》のナイフ殺人事件」を解決したＳＵＮ《サン》栄螺《さざえ》も含《ふく》まれていた。魚をくわえて裸足《はだし》で町を走りながら推理するという、じつにユニークな日本人探偵だ。その推理法は「ナミヘイ推理」と呼ばれ、一般《いっぱん》大衆のあいだでも評判を呼んでいるのだった。

（このくだりを読んだとき、レイはのけぞりそうになった。なんでこうなるのか？　作者が日本のサブカルチャーに詳《くわ》しいのはわかるけれど、もうちょっとなんとかしてほしい）

しかし。

謎《なぞ》の解明どころではなかったのだ。名探偵《めいたんてい》たちは、城の図書室に残されていた古文書の予言どおり、つぎからつぎへと変死・怪死《かいし》をとげていく。

ある探偵は塔《とう》のてっぺんの避雷針《ひらいしん》に串刺《くしざ》しになり。

ある探偵は客室のベッドの上で溺死《できし》し。

ある探偵は内側からかんぬきのかかった地下室で焼死体で発見され。

ある探偵は城の裏手の馬小屋で馬にまたがったまま白骨死体で見つかり。

……といった具合に、みながみな、不可解としかいいようのない最期《さいご》を迎《むか》えるのだった。例のSUN栄螺など、晩餐《ばんさん》の最中に衆目の前でいきなり消失してしまったかと思えば、なんと、翌々日、大時計のなかで餓死《がし》していたのだった。

いったいどんなトリックで、連続殺人は実行に移されたのか？

名探偵たちを殺さなければならなかった、その真の動機は？

事件の解決は、結局、ただひとり生きのびたフランス人探偵《たんてい》、アルベール・サルトールの手にゆだねられる。独自の推理法「アンガージュマン推理」を駆使《くし》して、サルトールは捜査《そうさ》を続行。真相をどんどん見やぶっていく。

そして、すべての謎《なぞ》がついに、白日のもとにさらされたとき！

そこには世界の歴史を根底から揺《ゆ》るがすような、驚天動地《きょうてんどうち》の事実が隠《かく》されていたのだった……。

読ませどころはほかにもあった。事件の合間合間には探偵たちの口から、「これでもか！」といわんばかりの蘊蓄《うんちく》が、ひんぱんに飛びだしてくるのだ。

世界中の神話・伝説のたぐいが、微《び》に入り細をうがって検証される。

古代ギリシャ数理学から現代のカオス理論まで、学問体系が滔々《とうとう》と語られる。

毒薬、毒殺にまつわる哲学的《てつがくてき》・心理学的講釈《こうしゃく》がえんえんとつづく。

錬金術《れんきんじゅつ》や占星術《せんせいじゅつ》、カバラ、秘密結社、アカシックレコードといった、神秘学関連のありとあらゆる知識が披露《ひろう》される。

とりわけ占星術については、ホロスコープ（天宮図）の作製法が入念に解説され、星と星が形づくる角度の意味が詳細《しょうさい》に語られ、惑星《わくせい》の配列が世界におよぼす影響《えいきょう》が執拗《しつよう》に論じられる。じつは事件の動機も、この惑星《わくせい》の配列と関係があったことが、あとになって判明したりする。惑星直列――太陽・月・水星・金星・火星・木星・土星・天王星・海王星・冥王星《めいおうせい》（占星術《せんせいじゅつ》では太陽と月も「惑星」と考えるのだ）が地球に向かって一直線にならぶ配列の日に、恐《おそ》るべき超《ちょう》自然現象が引き起こされる。事件はそれを阻止《そし》するためだった、というのだ。ただしそれはミスディレクションで、本当の動機はまったくちがうものだった、というおまけがつくのだが。

ともかくその知識の量たるや、はんぱなものではなかった。まさに小惑星の数ほどのペダントリーが、全編にばらまかれたミステリー。それがこの『小惑星の力学』だった。なお本のタイトルは、シャーロック・ホームズの宿敵・モリアーティ教授が発表した数学論文の題名にちなんでいるという。

ああ、おもしろかった！

レイは大満足だった。

近ごろのミステリーときたら、いっちゃ悪いけれど、安直でお手軽で薄《うす》っぺらなものが多すぎるもの。その点『小惑星の力学』は、やや難解なところもあったけれど、物語を読む快楽をたっぷり味わわせてくれた。わたし、こんなミステリーを待っていたのよ。文句なしに、今年のベストワンでは……。

ねむっ。急にまぶたが重くなってきた。時計の針は午前四時をまわっている。もう寝《ね》なくっちゃ。

ライトを消してベッドにもぐりこむ。

眠《ねむ》りに引きこまれるまでの短い時間、レイは考えていた。これでしばらく、読書はお休みだな。サボってた現ア研のほうに、そろそろ打ちこまなくては。あれからどうなったのかしらね、のぞみさんと慎吾《しんご》くん？　今泉さんは、またなにか、新しいアイデアを、思いついただろうか？　わたしも、せめて、ひとつぐらい、提案を……提案して……提案すれば……ZZZZ……。

気がついたら、朝になっていた。仕方がない。提案はなんにもできそうにないけれど、きょうこそはなにがあっても、必ず出席しないとね。

こうしてきょう、レイは気合いを入れ、高校入学のときに新調したマリンブルーのワンピースで登校してきたのだった。

2

チェシャ猫館《ねこかん》の玄関《げんかん》とびらをくぐる。廊下《ろうか》を進んでいく。部室の引き戸の前に立つ。戸をあける。その瞬間《しゅんかん》。

ズギャ〜〜ン！　バゴ〜〜ン！　ピコポロビギ〜〜ン！

まるでタイミングを見はからってでもいたかのように、耳をつんざく不協和音がレイを直撃《ちょくげき》した。

わああっ！　なにっ、なんなのっ!?

レイはその場に立ちすくんだ。見れば慎吾が壁《かべ》ぎわにこっち向きにすわり、キーボードをたたきまくっていた。首が左右に激しく揺《ゆ》れ動《うご》いている。レイのことなど、まったく目に入っていない様子だ。

慎吾ひとりではなかった。すぐとなりにはのぞみもいた。キーボードの譜面台《ふめんだい》に立てかけられた楽譜を、いっしょになってのぞきこんでいるみたいだ。

数秒後。キーボードの不協和音に合わせて小刻みに体を揺らしながら、のぞみは歌いだした。

いや、これは「歌」なのだろうか？　ほとんど絶叫《ぜっきょう》しているふうにしかきこえない。おまけに「歌詞」がまたスゴかった。

「♪チョウチョチョウチョ菜の葉にとまって串刺《くしざ》しに」

どういう歌なの、これ？　出だしは童謡風《どうようふう》だったのに、なぜ、チョウがいきなり串刺しに？

小首をかしげるレイにはおかまいなしに、慎吾が奏《かな》でる不協和音BGMが響《ひび》きわたる。

ギガ〜〜ン、バズ〜〜〜ン！

つづけざまに、のぞみがまた歌いだす。

「♪青い目のお人形さんは水死体」

ボババ〜〜〜ン、ビズ〜〜〜ン！

まだまだつづく。

「♪赤トンボ夕焼け小焼けで丸焼けに」

レイはただただ、あっけにとられるばかりだ。なんなの？　なんなのよ、これは？

ポロロロロ、ギュボ〜〜〜ン！

「♪カラスの子お山の古巣で白骨化」

この歌詞。半分耳をふさぎながらも、レイはふと思った。これって、『小惑星《しょうわくせい》の力学』の探偵《たんてい》たちの殺されかたと、なんか似てない？　もしやのぞみさんも読んでいたとか？　あとで確かめてみないと。それはいいとして、なんとかならないの、この騒音《そうおん》。

ガガ〜〜ン、ガガ〜〜ン！　ビゴバゴグオ〜〜〜ン！　ズガボガドギャ〜〜〜ン！

鼓膜《こまく》がやぶれそうな不協和音がとどろく。頭が痛くなってきたレイに追い打ちをかけるように、のぞみの歌声がいっそう高まる。

「♪仲良しこよしお手手つないでギロチンへ」

ボズ〜〜ン！　ギャギ〜〜ン！　ポロリロピロ〜〜ン！

「♪赤い靴《くつ》はいてた娘《むすめ》の首落ちる」

ピキ〜ン、ポロポロポロ、ポ〜ン……。

音がやんだ。これで終わりらしい。ふううっ。レイは大きく息をはく。

「ブラボー、ブラボー！」

拍手《はくしゅ》とともに、部屋のすみから今泉の声がした。あ、いたんだ、今泉さんも。じゃあ、いまの「演奏」に聴《き》き入《い》っていたわけね。でも、ブラボーって……どこが？

「あ、レイさん。きてたんですか？」

キーボードから顔をあげた慎吾が、レイに気がついたようだ。のぞみも今泉もこっちに視線を向ける。

「あ、あのー……こんにちは、みなさん。ごぶさたでした」

われながらマヌケな挨拶《あいさつ》だなと思いつつ、レイは中に踏《ふ》みこんでいった。

「おお、レイくん。ごぶさたでしたじゃないだろう。なにをやっていたんだ、いままで」

今泉が非難がましい口調でいう。のぞみもとんがり眼になって、

「そうだそうだ！　なんでかんじんなときにいないんだよ、レイ！　レイの協力がないんで、苦労したんだからな、あたしと慎吾」

わたしの協力って……たしか「レイさん向きじゃない」とかいっていなかったっけ、慎吾くん……でも、まあ、サボってたのは事実だし。レイは素直《すなお》に頭をさげた。

「すみません。きょうからちゃんと復帰しますから。それよりのぞみさん、いまのは、いったい？」

「ふふふ、スゴかっただろ、な、な？　あれから三日かけてやっとこさ、ここまでにこぎつけたんだぞ。ほれ、考案者から説明してやれよ」

「了解《りょうかい》です、のぞみ姉」

慎吾がバトンタッチして、

「偶然性《ぐうぜんせい》音楽に関して思いついたアイデアがある。この前ぼく、そういいましたよね、レイさん。いまのがそうなんです。名づけて、炸裂音符《さくれつおんぷ》というんですけどね」

「炸裂音符？」

「そうです。これを見てくれませんか」

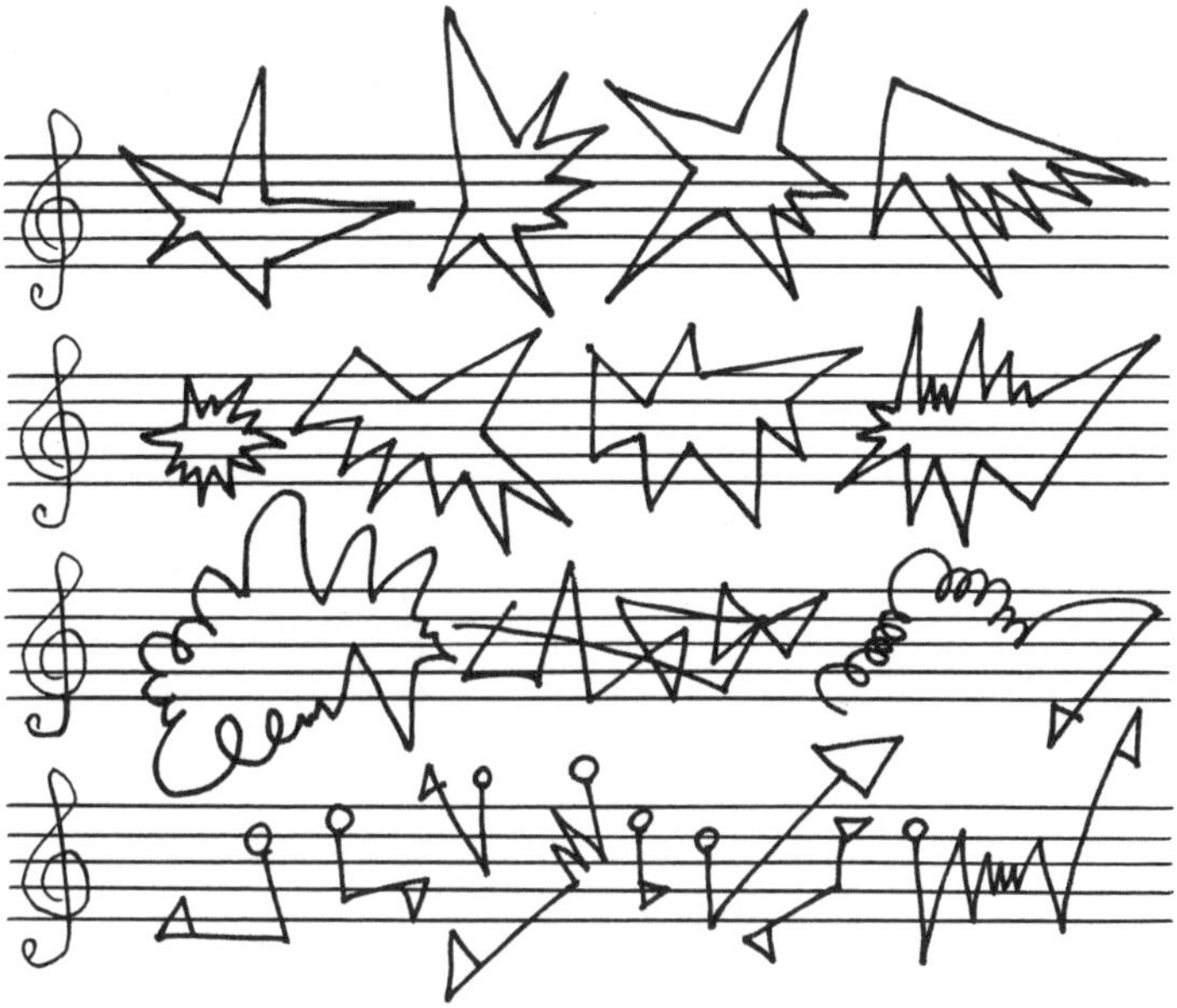

譜面台《ふめんだい》の楽譜をつかむと、慎吾はこっちに近づいてきた。目の前で楽譜をひろげて、レイに見せる。

はい？

レイの目が点になった。だって、その楽譜。「♪」とか「♩」とかの音符《おんぷ》のかわりに、五線譜にはこんな図形が描《か》きこまれていたからだ（上図）。

「あ、あの……これ……」

絶句するレイを見て、慎吾は百点満点の答案を披露《ひろう》するような得意げな顔で、

「いかがです、レイさん？　あ、いわなくてもわかってますよ。この譜面で、どうやって演奏するかっていうんでしょ？　簡単なんです。五線譜の図形を見た瞬間《しゅんかん》に心に浮《う》かんだ

感情——怒《いか》りとか悲しみとか喜びとか、そういった感情のおもむくままに、キーボードをたたきゃいいんですよ」

「感情のおもむくままって……どのキーを弾《ひ》くかは決まっていないわけ？」

「そうです。好きなキーを好きにたたけばいいんです。だから、だれでも演奏できますよ。キーボードがまったく弾けない人でもね」

そんなのってあり？　レイはあきれた。だってそれじゃあ、音楽とはいえないでしょう。レイは追及《ついきゅう》する。

「待ってよ、慎吾くん。ということは、よ。おんなじ譜面《ふめん》というか図形を見ても、演奏する人によって、音はぜんぜんちがってくるわけ？」

「ええ、もちろん。というより、同じ人が演奏したとしても、同じ音は二度とでないと思います」

だったら、譜面を書く意味なんてないんじゃないの？　むずかしい顔つきになったレイをチラリと見て、のぞみが補足するように口をはさんだ。

「それじゃあデタラメじゃないかって、そういいたそうだな、レイ。あはは、たしかにデタラメかもな。けど、それだからこそ、一回こっきりしか聴《き》けない音楽、まさに偶然性《ぐうぜんせい》音楽といえるんじゃないのか。そうだろ、レイ？」

そうかしら？　レイは納得《なっとく》できない。そういうのは、音楽とはべつのものだと思う。しかし今泉の見解はちがった。

「うむ、そのとおりだな、のぞみくん。図形楽譜《がくふ》というのは、かのジョン・ケージも考案・実践《じっせん》していたものだ。ただしそこには音符《おんぷ》の名残《なごり》もあって、これほどまでアブストラクトではなかった。いやいや、古木くん。おれは正直、感心したよ。この炸裂音符《さくれつおんぷ》は非常に独創的だ。賞賛に値《あたい》すべきものと、おれは思うぞ」

「い、いやあ、部長、そんな……」

ほめちぎられて、慎吾はテレまくっている。ふたたび、のぞみがしゃしゃりでてきた。

「同感だぜ、純さん。慎吾の炸裂音符には、あたしもマジでぶっ飛んだ。ただ、なんていうかな、キーボードだけじゃいまいちインパクトが弱いんじゃないのかって、あたし、そう思ったんだよ。で、考えたんだけどな……」

3

のぞみの話がつづいている。

炸裂音符《さくれつおんぷ》にぴったり合うような「歌詞」を、即興《そっきょう》でつけてみたらどうなんだろうか？

慎吾の「演奏」に何度かつき合っているうち、のぞみは突如《とつじょ》、そうひらめいたのだという。その場で思いついた歌詞をつけるのだから、偶然性《ぐうぜんせい》音楽のコンセプトとも合致《がっち》しているはずだ、と。

では、どんな歌詞がいいのか？

たとえばダリの絵みたいにシュールな感じとか……いや、それじゃもの足りない。この暴力的な音の氾濫《はんらん》に対抗《たいこう》できるのは、残酷《ざんこく》なコトバしかないんじゃないのか。そんなアイデアが浮《う》かんだとたん、のぞみの頭を稲妻《いなずま》が走《はし》り抜《ぬ》けた。

童謡《どうよう》だ！

炸裂音符を見てイメージした童謡を、歌いながらデフォルメしていき、聴《き》き手《て》がギョッとするほど残酷な歌詞にする。意外性もあるし、それならイケるかもしれない。

待てよ。

どうせなら、あたしが得意な「無季定型俳句」と合体させたらどうなんだ？　名づけて「残酷《ざんこく》童謡《どうよう》俳句」とか。

それだ！

アイデアを告げるや、慎吾も大乗り気になったという。

「あっ、いいですね、それ。試《ため》してみましょうよ、のぞみ姉」

のぞみは早速《さっそく》実行に移した。ただ、はじめのうちは慣れないせいもあって、できばえはパッとしなかった。

「雛祭《ひなまつ》りお内裏《だいり》さまは手術ちゅう」とか。

「ウサギウサギ月見て跳《は》ねて消失し」とか。

「叱《しか》られてあの子は地球を家出する」とか。

これに慎吾が異を唱えた。

「そんなんじゃダメですよ、のぞみ姉！　ぼくの炸裂《さくれつ》キーボードに、はっきり負けてます！もっと強力なコトバを！　もっともっとパワフルに！」

いったな！　のぞみは燃えた。よーし、やってやろうじゃんか！　見てろよ、慎吾！　もっと思いっきり衝撃的《しょうげきてき》な歌詞をつけてみせるからな！

「と、まあ、そんなわけで……」

あ、そうだわ、歌詞といえば。最前、ちらりと頭をかすめた疑問を、そのときレイは思いだした。

「あのー、のぞみさん。ちょっとききたいんですけど」

話をつづけようとするのぞみをさえぎって、レイは質問をぶつけた。思い立ったら、すぐに確かめないと気がすまない性分《しょうぶん》なのだ。

「もしかして、『小惑星《しょうわくせい》の力学』って本、読みました？」

「は？」

のぞみは怪訝《けげん》そうな顔で、

「小学生の危機学？　なんだ、そりゃ？　小学生にも危機管理の方法を教えておけとか、そういう話か？」

読んではいないようだ。似ていたのは偶然《ぐうぜん》だったみたいね。あるいは、残酷《ざんこく》なイメージというのは、どこかしら似かよってしまうものなのかも。

「あのな、レイ、人の話の腰《こし》を折るんじゃないぞ。えーと、どこまで話したっけか？」

「すみません。『と、まあ、そんなわけで』までです」

「あ、そうか。やり直しだ。と、まあ、そんなわけで、いろいろと試行錯誤《しこうさくご》があったんだけどな。つづけてるうち、だんだんコツがつかめてきた。さっきの六つのバージョンは、きょうまでの作品のなかじゃあ、最高傑作《けっさく》だと思うぜ。な、慎吾」

のぞみが話を振《ふ》る。慎吾はにこやかにうなずいて、

「ええ、そうですね。キーボード弾《ひ》いてて、ぼく、鳥肌《とりはだ》が立ちましたよ。こんなにスゴくなるなんて。それもこれも、のぞみ姉の天才的な発想があったからこそです。ほんっとに、協力をお願いしたかいがありました」

「ふん、あいかわらず口がうまいな、おまえ。いっとくけど、おだててもなんにもでないからな」

「えーっ、それはないっしょ。せめて、ピーターパンズのハンバーガー一個で手を打ちません？」

「あ、あのなあ……また、こうされたいのか」

慎吾のおでこを人さし指でピンすると、のぞみは急に真面目《まじめ》な顔つきになって、

「待てよ、いま思いついたんだけどな。炸裂音符《さくれつおんぷ》も悪くはないんだが、もうちょいカッコよく、たとえば『ミュージック・ボンバー』なんてネーミングは、どうだ？」

「ミュージック・ボンバー？　あっ、いいッスね。いただきです、それ。よーし、そうと決まったら、どんどんやりましょうよ、のぞみ姉。ミュージック・ボンバーの完成度を、もっともっと高めるんです！」

「おお、やろうやろう。望むところだぜ！」

パシンと、ふたりは両手でハイタッチする。

「よしよし、その意気だ、のぞみくん、古木くん。おれも負けちゃいられん。オタマジャクシは失敗だったが、またなにか、新しい方法論をあみだしてみせるからな。わが現ア研の手で、現代音楽の世界に新風を吹《ふ》きこむんだ！」

今泉が檄《げき》を飛ばす。

ほんとに、これでいいのかしら？　レイの顔が曇《くも》った。

のぞみさんの「残酷童謡俳句《ざんこくどうようはいく》」自体はおもしろいと思う。でも、あの騒音《そうおん》は……うーん、ちょっと、いただけないわね。ミュージック・ボンバーってネーミングも、「なんだかなあ」という感じだし。

譜面《ふめん》どおりに当たり前に演奏するだけが音楽ではない。この前、今泉さんはそういった。たしかに、それは一理あるかもしれない。文化っていうのはなんでもそうだけど、どんどん進化をとげていくものなのだから。

でもね。

レイは唇《くちびる》をとがらせる。音楽というのは、文字どおり「音を楽しむ」ものでしょう。楽しめない音、耳に不快な音を、わたし、「音楽」とは認めたくない……なんて考えるのは、わたしの頭が固すぎる証拠《しょうこ》かしら……。

4

などと、レイがあれこれ思《おも》い悩《なや》んでいるときだった。

コンコン、コン。遠慮《えんりょ》がちなノック音がした。四人の視線が部屋のとびらに集中する。

「はい、だれかな?」

今泉の返事に、引き戸がそろそろとあいた。その向こうから、レイの見知った顔がのぞいた。

「あらっ、洋平くんじゃない」

そう、それは石田天天こと洋平だった。レイが現ア研に所属していることは、前回つたえてある。なにか用事かしら。ひょっとして、新しいマジックが完成したとか?

「野沢さん、この前はどうも。ええと、みなさん、はじめまして」

部室に入ってきて全員に一礼するや、天天はいきなり右手で空をつかむ仕草をした。つぎの瞬間《しゅんかん》、なにもなかった手に、真っ赤なバラの花が出現したのだ。

「おおっ！」

「わわっ！」

「すごっ！」

今泉、慎吾、のぞみが口々に驚《おどろ》き声をあげる。やるじゃない、洋平くん。レイはニッコリする。どこに隠《かく》してあったのかしらね、あのバラ？

「ぼく、石田天天といいます。野沢さんとはクラスはちがいますけど、同じ高一です。以後お見知りおきを」

そういって、天天はバラの花を、のぞみにうやうやしく差しだした。

「どうぞ。むかしからバラを受け取るのは、美しいレディと決まっていますからね」

「へっ、あたしのことか？　美しいレディって……ははは、それほどでもないけどな」

「いやいや、ご謙遜《けんそん》を。岸小夜子《きしさよこ》とだって、いい勝負なんじゃないですか」

岸小夜子というのは、全日本美少女コンテストで優勝してデビューしたタレントだ。レイは内心で苦笑《くしょう》していた。これだから、マジシャン口は信用できないわね。もっとも、人をダマすのが仕事なんだから、いいのか、それで。

のぞみの頬《ほお》がゆるんだ。

「そ、そうかな、いい勝負かな。たとえば、どこがだ？」

「え？　そ、そりゃもう、プロポーションとか……え、えーと、雰囲気《ふんいき》とか……」

そんなふうに突《つ》っこまれるとは思っていなかったらしい。天天はあやふやな口調になる。慎吾が口をはさんだ。

「あのー、のぞみ姉。そこまでいわれて、はっきりお世辞だってわからないんですか？」

「なにぃっ。おい、慎吾、おまえな……」

「待った待った、ふたりとも」

いつものように「喧嘩《けんか》コント」モードに突入《とつにゅう》しかかったのぞみと慎吾を、今泉が制止した。

「最近ワン・パターン化してるぞ。いっそのこと、ここは現ア研らしく、『アート・コント』なんてのを考えてみたらどうなんだ。んなことより、きみ」

今泉は天天に向き直って、

「石田天天、といったな。けど最初にレイくんは、洋平くんとか呼んでなかったか？」

「あ、それは本名で、天天はマジシャンズ・ネームです。ぼく、三階にあるマジック研究会に所属してるんですよ」

「ははあ、なるほど。それでさっきのクロースアップ・マジックか。なかなか、あざやかなお手並みだったな」

「ありがとうございます」

天天が深々とお辞儀《じぎ》する。のぞみが怪訝《けげん》そうな顔で、

「なんだい、純さん、そのクロースなんとかってのは？」

「マジックの種類さ。ほら、よく、舞台《ぶたい》で、美女をのこぎりで切断したりするマジックがあるだろう。あんなふうに、大がかりな装置とトリックで観客をあっといわせるのを、イリュージョンというんだ。これに対して、純粋《じゅんすい》な手先の技術で勝負するのが、クロースアップ・マジックだ。もっともクロースアップにも、タネのある小道具を使うケースもあるようだがな」

「へええっ、詳《くわ》しいんですね、マジックに」

天天が目をまるくする。だって、なにしろ、「歩く百科事典《エンサイクロペディア》」だもの。レイはふふっと笑って、

「紹介《しょうかい》がまだだったわね。なんでも詳しいこの人が、高三で部長の今泉純さん。岸小夜子とい い勝負のレディが、高二の森下のぞみさん。あと中三の古木慎吾くん。わたしを入れてこの四人

が、現ア研のメンバーなのよ。それはそうと、洋平くん」

レイはあらためて、天天こと洋平をじっと見つめた。

「ここを訪ねてきたというのは、なにか、わたしに用事でも？」

「うん。じつはねえ、野沢さん」

天天は、なんとも複雑な表情を浮《う》かべて、

「うちの部室で、おかしなものを発見したんだよ」

「おかしなもの？　なんなの？」

「それが、どうやら、暗号みたいでさ」

「えっ、暗号ですって？」

そのことばに、レイはすぐさま反応した。ミステリーマニアの本能みたいなものかもしれない。コクリとうなずいて、天天がつづける。

「うん、そう。どういう意味なのか、あれこれ考えてみたんだけど、ぼくにはさっぱりわからなくってさ。そのときふと、野沢さんのことを思いだしたんだよ。あれほどの名探偵《めいたんてい》ぶりを発揮した野沢レイさんなら、きっとわかるんじゃないだろうか。そう思って、たずねてきたんだ」

「わかったわ。どんな暗号なの？」

「えーとね……いや、口でいうより、見てもらったほうが早いな。ちょっときてくれる、マジック研の部室に」

「了解《りょうかい》。それじゃ、早速《さっそく》」

「ちょっと待て、レイ。ふたりだけで、勝手に話を進めるなよな」

口と目をとんがらせて、のぞみが割りこんできた。

「んなこといわれたら、こっちだって気になるじゃないかよ。あたしたちも助太刀《すけだち》に行くぜ。な、いいだろ、天天？」

「い、いいえ、野沢さんひとりで十分……」

「なんだと。文句あるのか！」

「……ありません」

「結構。よーし、じゃ、みんな、行こうぜ！」

のぞみが強引《ごういん》に話をまとめた。今泉が同意する。

「マジック研の部室か。そいつはちょいと興味あるな。せっかくだから、のぞかせてもらうとするか」

全員で現ア研の部室を出る。階段をのぼりながら、慎吾が天天にささやくのが、レイの耳にも届いた。

「石田さん、でしたよね。いい選択眼《せんたくがん》していますねえ」

「えっ、なにが？」

「レイさんに依頼《いらい》したことが、です。彼女《かのじょ》に探偵《たんてい》の才能があることは、ぼくもよーく知ってますから。どんな暗号だって、レイさんなら一発で解読まちがいなしですよ」

あらら。レイは軽く肩《かた》をすくめた。そんなに買いかぶられてもこまるんだけどな。わたし、シャーロック・ホームズじゃないんだから……。

5

「あ、こんにちはー」

「あ、こんにちはー」

マジック研の部室に踏《ふ》みこんだ一同を、ユニゾンのあいさつが出迎《でむか》えた。天天のほかにも部員がいたようだ。レイは目を見はった。双子《ふたご》の少女だったたからだ。

「さっき話してた現ア研のみなさんだよ。ほら、自己紹介《じこしょうかい》、自己紹介」

天天がふたりをうながす。双子《ふたご》がペコンと頭をさげて、

「中三の秋山鈴鈴《あきやまりんりん》ですー」

「同じく秋山蘭蘭《らんらん》ですー」

「ほう、鈴鈴くんに蘭蘭くんか。おれ、現ア研部長の今泉純。高三だ」

「かわいい名前だなあ。あたしは、高二の森下のぞみ。よろしくな」

「ぼく知ってるよ、きみたちのこと。A組のリンリン・ランラン姉妹《しまい》って、中三じゃ評判だもの。あ、ぼく、B組の古木慎吾さ」

「あら、じゃあ本名なのね、鈴鈴と蘭蘭って。てっきりマジシャンズ・ネームかと思ったわよ。わたし、高一の野沢レイ。はじめまして」

「このふたり、ぼくがマジック研にスカウトしたんだよ」

天天が得意そうにレイに笑いかける。

「ミステリーだと、トリックに双子を使うのは禁じ手だったよねえ、野沢さん。けどマジックはちがう。双子がいると、消失&出現マジックがラクにできちゃうんだから、使わない手はないよね」

たしかに。レイは納得《なっとく》する。たとえば舞台《ぶたい》中央の箱にひとりを入れ、なんらかのトリックを

使ってパッと消す。ほんの一瞬《いっしゅん》ののち、舞台《ぶたい》からはかなり離《はな》れた場所から、もうひとりがあらわれる。双子《ふたご》だとは知らない観衆は、あまりの早業《はやわざ》にびっくり仰天《ぎょうてん》する、という寸法だ。

「いま、練習中なんですー」と、鈴鈴。

「鈴鈴が消失して、あたしが出現するんですー」と、蘭蘭。

レイはあらためて、ふたりをしげしげと見た。本当によく似ている。右の目尻《めじり》に小さなほくろがあるのが鈴鈴。左にあるのが蘭蘭。違《ちが》いはそれくらいで、それも一見しただけではまずわからないだろう。きっと大成功に終わるんじゃないのかな、そのマジック。さて、それで、と。

「洋平くん。じゃ、そろそろ見せてくれないかな。その、暗号っていうのは？」

「うん。じつは、あれなんだけどね」

窓ぎわのテーブルのオブジェを、天天は中央のテーブルに運んできた。♠3が隠《かく》されていた、あのペーパークラフトの太陽の塔《とう》だ。前向きだと見えなかったが、背中にもひとつ、黒い顔が描《えが》かれているのがわかった。

「なんだ、このひしゃげた顔は。まるで小学生の落書きみたいだな」

お腹《なか》の顔を見て、のぞみが感想をもらす。今泉があきれ顔になって、

「おいおい、のぞみくん。いうにこと欠いて、小学生の落書きはないだろう。これは太陽の塔と

いって、世界的な芸術家・岡本太郎《おかもとたろう》氏が制作したものなんだぞ」

そういうと、今泉は例によって、博覧強記ぶりを発揮した。

「太陽の塔《とう》は、一九七〇年、大阪万博《おおさかばんぱく》のシンボルとして作られたものだ。高さはたしか、七十メートルだったと思う。塔にはご覧のとおり顔が三つあって、てっぺんの金の顔は『未来の太陽』、お腹《なか》の白い顔は『現在の太陽』、そして背中にある黒い顔は『過去の太陽』を示しているそうだ。これはそのレプリカだな。ペーパークラフトのようだが、だれがこしらえたのかなあ。なかなかいいできじゃないか。知ってるかい、石田くん？」

「いいえ。この部室は美術部からゆずり受けたものなんですが、引《ひ》き継《つ》いだあと、ロッカーの中にこまごましたものが残っていたそうです。この太陽の塔も、そのひとつだったという話ですね。ほかのものは捨ててしまったんですが、これはよくできているのでとっておいたと、そうきいています」

「ふむふむ。すると、美術部員が製作した可能性もあるということか」

「あのー、部長、そんなことよりですね」

慎吾が口をはさんだ。

「問題は暗号ですよ、暗号。太陽の塔と暗号と、どういう関係があるんです、石田さん？」

「そうだそうだ。おい、天天。もったいぶってないで、さっさと教えろ。うちのメンバーならよく知ってるけど、あたしは気が短いんだからな」

のぞみもせっつく。そのとき。

「待ってくださいー、古木くん」

「待ってくださいー、森下さん」

思いがけず、鈴鈴・蘭蘭姉妹《しまい》が割りこんできた。

「その前にー、あの話はいいんですかー、天天先輩《せんぱい》」と、鈴鈴。

「そうですよー、みなさんにも話したほうがいいと思いますー、天天先輩」と、蘭蘭。

「え……ああ……あの話か……うーん、どうしよう……」

天天が思案顔になるのがわかった。

え？　レイたちはきょとんとして、三人を見くらべる。そんな仲間うちの話をされても、なんのことかわからない。のぞみが代表で問いかけた。

「なんの話してるんだよ？　部外者にもわかるようにいえ」

「はーい。太陽の塔《とう》にはー」

「岡本太郎さんのー」

「メッセージがー」

「こめられていたんですー」

「天天先輩《せんぱい》がー」

「解読したんですー」

鈴鈴・蘭蘭が交代でいう。

え？　それ、いったい、どういうこと？　面食《めんく》らいながらも、レイは質問する。

「太陽の塔《とう》には岡本太郎さんのメッセージがこめられていた、ですって？　どんなメッセージが？　解読したっていうのは、どういう意味なの？　ぜひ聞かせてほしいな、洋平くん」

「……わかった。本題とははずれるけど、それじゃ、いうよ。じつはぼく、太陽の塔を見ているうちに、ふっとひらめいたことがあるんだよ。ついきのうなんだけどさ」

6

天天はテーブルにつくと、メモ帳を取りだし、ボールペンで書きこみをはじめた。

『たいようのとう

おかもとたろう』

作品名と作者名をひらがな書きしたものだ。

「みんな、これを見てくれるかな」

ふたつの名前をボールペンの先でつついて、天天が説明を開始する。

「見てのとおり、このふたつには共通する文字がいくつかあるよね。『た』と『と』と『う』だ。ためしに、これを取りのぞいてしまったらどうなるか」

共通文字に天天はバツをつけていく。すると、こうなった。

『いよの
おかもろ』

「これをうまくつなげると、なにか意味のあることばにならないだろうか。そう思って、ぼく、いろいろ試《ため》してみたんだよ。そうしたら……」

メモ帳に、天天はこう書きこんだ。

『かおのいろよも』

「……ほら、こうなるじゃないか。このラストの『よも』を『読も』と解釈《かいしゃく》すれば、『顔の色読も』となって、つまり『太陽の塔《とう》の顔の色を読もう』との意味にもとれるよね。それはどういうことか？」

天天は一気に説明していく。

顔の色を読む。頭は金、お腹《なか》は白、背中は黒だ。つなげて読むと……金白黒……きんしろくろ……禁止ろくろ……ろくろを禁止する……つまり、陶芸《とうげい》をやってはいけない……意味ないなあ……いや、待てよ。そうではなくて、ろくろを「６９６」と数字に置《お》き換《か》えればどうか？

禁止６９６。

さて、そのあとは？　６９６……数字……数字の特性は、加減乗除すれば、べつの数字に変化することだ。たとえばこの三つを掛《か》け合《あ》わせてみる。すると——。

６×９×６＝３２４。

この３２４は、さらにべつの数字に変化しうる。３２４＝18の２乗、とか。

18の２乗。ここで、18を「イヤ」と読んだらどうなるか。「イヤ」がふたつあるから「イヤイヤ」となって……あっ、そうか！

「イヤイヤを禁止する、とはどういう意味か？　ぼくはこんなふうに思ったんだよ」

全員の顔をグルリと見回して、天天はつづけた。

なにかをなしとげるには、イヤイヤながらやっているのではダメだ。おのれの持てる全情熱をぶつけなければ。まさにこの太陽の塔《とう》を制作した岡本太郎氏のように。

そう、爆発《ばくはつ》だ！

全エネルギーを爆発させるのだ！

それこそが、太陽の塔にこめられた暗号メッセージだったのだ！

「……という結論がでたんですけど、どう思います、みなさん？」

「おどろきですー」

「すっごいですー」

鈴鈴と蘭蘭がユニゾンで賞賛する。今泉が感心したふうに、

「な、なるほど。イヤイヤやっていないで、全エネルギーを爆発させろ、か。いかにも岡本太郎画伯《がはく》が口にしそうなセリフだなあ」

「ほんとだぜ。いわれてみりゃ、この太陽の塔ってオブジェそのものが、全身でそう主張してるみたいな感じするな」

のぞみも賛同する。発言はないが、慎吾も納得顔《なっとくがお》になっている。

ダメね、その「解釈《かいしゃく》」は。レイの頭の中に「×」マークが点滅《てんめつ》する。牽強付会《けんきょうふかい》。我田引水《がでんいんすい》。

推理のための推理でしかないわね。

「野沢さんはどう？」

天天が水を向けてくる。仕方ないな。悪いけれど、反論させてもらうわよ。レイは口を切った。

「あのね、洋平くん。よく考えたとは思うわよ。でもね。そのやりかただったら、ほかにもいろいろな解釈《かいしゃく》ができるんじゃないの」

「えっ？　たとえば、どんな？」

「そうね、たとえば……」

共通文字にバツをつけていくと、「いよのおかもろ」の七文字が残る。天天はこれをつなげて、「かおのいろよも＝顔の色読も」ということばを導き出した。けれど、それですべてではないはずだ。組み合わせてできることばは、ほかにいくつもある。

「のろいかおもよ＝呪《のろ》い顔《かお》もよ」とか。

「かおのよろいも＝顔《かお》の鎧《よろい》も」とか。

「おろかのよいも＝愚《おろ》かの酔《よ》いも」とか。

「おかのいもよろ＝丘《おか》の芋《いも》寄《よ》ろ」とか。

「おもろいのかよ＝オモロイのかよ」とか。

メモ帳に書きだし、レイは最後の文を指さして、

「これなんか、『この太陽の塔《とう》を見てほんとにおもしろいと思っているのか？』と、作者が関西弁でたずねているみたいじゃないの。建てた場所も大阪だし」

クスッと笑って、レイは結論をいった。

「というわけで、文字をつなぎ合わせていけば、いろんな文が浮《う》かびあがってくる。そのうちのひとつを取り上げて、『正解はこれ！』と断言することはできないと思うな。それにそもそも、『共通する文字を取りのぞく』という大前提からして、なぜそうするのかという理由が説明されていないでしょう。したがって、この解読法は成立しない。ただのこじつけだって、残念だけれど洋平くん、そういわざるを得ないわね」

「そ、そうか。やっぱりムリがあったか……」

天天はしょんぼりする。ポンと、レイはその肩《かた》をたたいて、

「でも、頭の体操としてはおもしろかったわよ。そこまで考えるのも、一種の才能なんじゃないのかしら。そうね、森羅万象《しんらばんしょう》のウラにひそむ意味を暗号で解釈《かいしゃく》するって、そんなミステリーがあってもいいかもしれないな。どう、洋平くん。いっそのこと、洋平くんが書いてみたら？」

「えーっ、ムリムリ、ぼくなんて」

「そんなことないわよ。あんなにヒネった発想ができるんだもの、洋平くんって。絶対に書けると思うな、わたし」

レイのことばに、鈴鈴・蘭蘭姉妹《しまい》も大きくうなずいて、

「書けますよー、天天先輩《せんぱい》」

「できますよー、天天先輩」

ずっとあとになって。

この日のレイの提案がきっかけとなり、マジックや暗号をふんだんに取り入れたトリッキーな作風のミステリー作家・天田《てんだ》天石《てんせき》がデビューすることになるのだが、それはまたべつの話だ。

7

「い、いやあ、しかし、まいったまいった」

だれにいうともなく、今泉がつぶやいた。

「素晴《すば》らしいメッセージだと思ったんだが、こじつけだったとはなあ。やはり暗号のことは、レイくんにまかせておいたほうがいいということだな」

「ああ、まったくだぜ。暗号に関しちゃ、レイの右にでるヤツはいないもんな」

のぞみも同意する。ふたりが口々にそういうのには理由があった。レイはかつて、今泉たちとともに、ある人物が出題した暗号に挑戦《ちょうせん》。みごと解読してみせたことがあったのだ。

「え、えーと、それで、石田さん」

慎吾が天天を見て、

「そろそろ本題に入りませんか。レイさんに解いてほしい暗号っていうのは、なんなんです？　さっきの話だと、やっぱりこの太陽の塔《とう》と関係あるみたいですけど」

「うん、じつはそうなんだよ」

ペーパークラフトの太陽の塔を天天は左手で持ち上げ、下の空洞《くうどう》に右手を差しこんだ。

「きのうまで、だれも気づいていなかったんだけどさ。塔の左腕《ひだりうで》の中に、こんなものが入っていたんだよ。ほら」

いいながら、天天は手を引《ひ》き抜《ぬ》く。親指と人さし指のあいだに、筒状《つつじょう》にまるめた紙があった。

天天が紙を伸《の》ばして、テーブルにひろげる。鉛筆《えんぴつ》で殴《なぐ》り書《が》きされた、こんな文面があらわれた。

捜《さが》し物《もの》は学校の中のどこにある？

木の葉を隠《かく》すなら森の中
言葉を隠すなら●の中
●を隠すなら■■■の中
作者はＷＨＯ？
注目は歪《ゆが》んだ7時5分前
×××年　記＝木村正道

なるほどね。レイは納得《なっとく》する。洋平くんのいうとおり、いかにも暗号っぽい文だ。ラストに「×××年　記＝木村正道」とあるからには、つまり、この人物が、この年に考えついた暗号ということなのだろう。

ええと、はじめの四行は……ああ、これはすぐわかるわね。レイの脳細胞《のうさいぼう》が忙《いそが》しく回転をはじめる。

「どうかな、野沢さん。なにかわかったこと、ある？」

天天が水を向けてきた。レイはコクンとうなずいて、

「最初に、『捜《さが》し物《もの》は学校の中のどこにある？』ってあるわね。そのありかが、つぎの三行に示

されているんだと思うな。『木の葉を隠《かく》すなら森の中』は、チェスタートンの小説にでてくる有名なフレーズ。これにならって、『言葉を隠すなら●の中』といっているのよ。だとしたら、『●』はなにかわかるよね、洋平くん？」

「ああ、そういうことなのか。えーと……本かな？」

「正解。じゃあ、『本を隠すなら■■■の中』の『■■■』は？」

「そうだなあ……本箱？　いや、待てよ、三文字なのだから……図書室？」

「うん、わたしもそう思うな。この暗号の作り手は、つまり、学校の図書室に行って本を捜《さが》せと、そう指示しているんじゃないのかしら。となると、つぎの二行が、その本の題名を示していると思うのだけれど……」

　レイは口ごもった。つぎの二行の意味が、まったくわからなかったのだ。『作者はＷＨＯ？注目は歪《ゆが》んだ7時5分前』って？

「どうした、レイくん？　その本の題名ってのは、いったいなんなんだい？」

　今泉が先をうながす。レイは首を小さく横に振《ふ》った。

「……わかりません、まだ。もう少し考えさせてください」

「ふむ。そんなに手ごわいのか、さすがのレイくんにも」

「もしかして、ドイツ人が書いた本ってことはないのか？」

唐突《とうとつ》に、のぞみが発言した。

はい？　ドイツ人？　レイは戸惑《とまど》う。それはどこからでてきたの？　すかさず、慎吾が突《つ》っこんだ。

「待ってくださいよ、のぞみ姉。なんでドイツ人なんです？」

「だって、『作者はＷＨＯ？』ってあるじゃないかよ。これを、『作者はどいつだ？』と訳すんだ。だからドイツ人、なんて……」

レイはのけぞりそうになった。それは……それはダジャレじゃないの！　天天・鈴鈴・蘭蘭がいっせいにずっこける。今泉と慎吾もあきれ顔だ。

「……ははは、そんな顔するなよ、みんな」

のぞみが自分でフォローした。

「冗談《じょうだん》だって、冗談。レイでさえわからないものが、あたしたちに解けるわけないだろ。こいつは宿題ってことにして、きょうはひとまず解散にしないか。考えすぎて、なんかすっかり疲《つか》れちまったぜ、あたし」

「考えすぎ？　よくいいますね。のぞみ姉の場合は、考えたらずっていうんじゃないんですか？」

「なんだと！　いったな、慎吾！　コブラツイストされたいのか！」

「こらこら。他人《ひと》の部室で、いいかげんにしないか、のぞみくん、慎吾くん」

いつもの「喧嘩《けんか》コント」に突入《とつにゅう》しかかったふたりを、今泉がたしなめる。

たしかにそうね、と、レイは思った。のぞみさんがいうように、ここはおひらきにして、いったん頭をクールダウンさせるほうがいいみたい。そうすれば、視点が切りかわって、案外あっさり解けるかもしれないもの……。

などと考えるレイに挑《いど》みかかるかのように、ラストの一行が目に飛びこんできた。

『×××年　記＝木村正道』

まるで「さあ解いてみろ」と挑発《ちょうはつ》しているみたいだ。

木村正道。いったいだれなのかしら？　わからないけれど、ともかくわたし、絶対に、ギブアップしないからね！

Interlude 3

草刈洋子《くさかりようこ》の場合・四月十八日

お腹《なか》が痛いんじゃない、心が痛いんだわ。

なんてフレーズが頭に浮《う》かび、草刈洋子はたちまち自己嫌悪《じこけんお》にかられていた。なにいってるのよ、わたしったら。そんないいわけじみたことといってみたって、なんの意味もないっていうのに……。

「お腹が痛くなっちゃった。保健室に行ってくるわ。悪いけど、先生にそういっておいてね、お願い」

クラスメイトにそうことづけて、洋子がここ保健室にやってきたのは、一時間目の授業がはじまる直前だった。ふつうならば、

「えっ、ほんとに？　だいじょうぶなの、草刈さん？」

とか、なにかリアクションがあっていいところだろう。けれどみんな、あんまり心配そうな顔を

しないのは、毎度毎度のことだからだ。

そう。

洋子の保健室通いを知らない者は、クラスでだれひとりいなかった。なにしろ一学期がスタートしてからほぼ毎日、まる一日を保健室で過ごしているのだ。きょうは第三週の木曜日だから、もう二週間近い。

仮病《けびょう》をつかっているつもりはなかった。本当にお腹《なか》が痛いのだ、そのときは。それが保健室にきてベッドにもぐりこんだとたん、ケロリと治ってしまう。といって、起きあがる気力もわかない。結局、そのまま昼休み近くまで、ベッドの中でうとうとうとうと過ごすことになる。

どうしてなんだろう?

洋子は自問する。

中学生のときは、こんなことなかった。それが高校に上がった四月はじめから、こうなってしまったのだ。

ううん、自問するまでもなかった。本当は理由も、ちゃあんとわかっていたのだ。

中三のときから、洋子にはひそかにあこがれている先生がいた。

要俊樹《かなめとしき》先生。

ここ天の川学園出身で、高校で数学を教えている先生だ。季節を問わず黒いジャケット、黒いズボンに、黒いハイネックのニットシャツを着こみ、少しウエーブがかった前髪《まえがみ》がいつも額にたれている。先生というより芸術家みたいで、ものすごくカッコよかった。高校の先生だから顔を合わせるチャンスはそうなかったけれど、キャンパスで姿を見かけるたび、洋子はひとり、胸をドキドキさせていたものだ。

高校生になって、一年A組に振《ふ》り分《わ》けられた洋子は、天にも舞《ま》い上《あ》がるような気持ちになった。だって、要先生がクラス担任だったんだもの！

ああ、よかった。担任の先生ならば、これからはお話しする機会がいくらでもあるはずだし。うまくしたら、デートだって、できるようになるかもしれない。わたし、すっごくうれしい……。

甘《あま》い夢だった。

四月はじめの始業式の日。講堂での式のあと、A組の教室に集まった生徒たちを前にして、要先生はいきなりいった。

「挨拶《あいさつ》がわりに、いまから抜《ぬ》き打《う》ちテストする。なに、中学で教わった数学をマスターしていれば、どれも簡単に解ける問題ばかりだからな。制限時間は三十分だ。では、はじめ！」

結果はさんざんだった。

洋子はもともと、数学は苦手じゃなかった。けれどこのときは、突然《とつぜん》テストといわれて、すっかり動揺《どうよう》してしまった。あこがれの要先生を間近で見て、声を聞いて、アガってしまったせいもある。ふつうだったら考えられない計算まちがいが続出して、たった十八点しか取れなかったのだった。

その場ですぐに採点して、答案を返すときの要先生のコトバ。

「抜《ぬ》き打《う》ちにしては、まあ、悪くないできだ。ただ、ひとりで平均点を下げている者がいたな。復習をきっちりやって、これからはもっとがんばってくれ」

だれと名前はいわれなかったけれど、自分に向けられたコトバだとわかった。なにしろ十八点なのだから。

それだけじゃなかった。そういったあと、自分にまっすぐ向けられた要先生の目。ものすごく険しい目つきだった。きっと軽蔑《けいべつ》してるんだ、わたしのこと。

洋子は思いっきりへこんだ。あこがれの要先生にそんなふうに思われちゃって、わたし、どうすればいいんだろう。きっとわたし「頭わるい生徒」って、要先生に烙印《らくいん》を押《お》されちゃったと思う。

もうイヤだ！　授業なんか、二度とでたくない！

保健室通いがはじまったのは、その翌日からのことだった。

ベッドから窓を通して見える空は、どんよりと曇《くも》っている。まるで洋子の心を、そのまま反映しているかのようだ。

そういえばあしたあたりからは雨になるって、今朝の天気予報でいってたっけ。いやだな、雨。なにより、傘《かさ》をさすのが好きじゃない。いっそのこと、あしたは休んじゃおうかな、学校……。

ピンポンパーン。

チャイムの音でふっと目が覚めた。いつのまにかぐっすり眠《ねむ》っていたらしい。保健室の時計の針は十二時を回っている。四時間目が終わったのだ。

お腹《なか》はぜんぜん痛くなかった。起きようと思えば起きられる。「心が痛い」とかいって、いじけていたって仕方がない。自分でもよくわかってる。でも……やっぱりダメ。だって、いま起きてしまったら、午後からは教室にもどらなくちゃならないし……。

カラカラ。

戸があく音がした。もしかして、校医の下妻《しもづま》レイコ先生かしら。だったらバレないように、毛布かぶって寝《ね》たふりをしないと。

「いるの、草刈さん？」

ちがった。下妻先生の声じゃない。じゃあ、だれなの、いったい？

「具合はどう？」

声といっしょに、マリンブルーのワンピースの少女が保健室に入ってきた。あ、この子はたしか、同じA組の……。

「野沢《のざわ》……レイさん？」

洋子のことばにコクンとうなずき、レイはベッドに近づいてきた。生徒会委員とあって、様子をうかがいにやってきたのだろう。洋子は居心地《いごこち》が悪くなった。べつに、見にきてくれる必要なんかないのに……。

レイはしばらく無言で、ベッドに横たわる洋子の顔をじっとのぞきこんでいたが、やがて、おもむろに口をひらいた。

「ねえ、草刈さん。わたしがこんなことをいうのもなんだけど、お見受けするところ、あなた、体はどこも悪くないみたいね。問題は、気持ちじゃないのかな、あなたの気持ち。なにがあったのかは知らないけれど、自分で立ち直ろうって気持ちにならないかぎり、永久に保健室症候群《しょうこうぐん》よ」

手厳しいいいかただった。反発するように、洋子はレイをにらみつける。いっぽう、レイはニッコリと笑いかけると、

「草刈さん。せっかく高校生になったのに、もったいないわよ、こんなところでくすぶっていては。早くもどってきて。わたし、待っているからね」

いいのこして保健室を出ていった。

洋子は目を大きく見ひらいた。いまのひとことで、なんだか、憑《つ》き物《もの》が落ちたような気分になったのだ。こんなところでくすぶっていてはもったいない、か。たしかにそのとおりかも。

えいやっと、洋子はベッドに半身を起こした。そうね、そろそろ終わりにしよう、「保健室症《しょう》候群《こうぐん》」は。ありがとう、野沢さん。わたし、なんとか、立ち直れそうだわ。

毛布をはねのけてベッドを出る。

そのまま部屋の奥《おく》に進み、洗面台の鏡の前に立つ。顔を洗う。

そうだわ、ついでだから、髪《かみ》もやり直そうっと。洋子は鏡をのぞいて、三つ編みの髪をたばねるリボンをはずした。それから髪をほどき、気合いを入れるようにきっちりと結《ゆ》い直《なお》していく……。

草刈洋子はまったく気づいていなかった。

保健室は高校校舎の東端《ひがしはし》にある。その東向きの窓の向こうから、いましも、部屋をのぞきこんでいる黒い影《かげ》があった。おさげ髪《がみ》を結ぶ洋子の後ろ姿を、影はじーっと見つめている。影の手が窓枠《まどわく》に伸《の》びた。そろそろ、そろそろと、窓があいていく。三十センチほどあいた窓から、影が体を滑《すべ》りこませてくる。

洋子はまだ気がつかない。

一歩、二歩、三歩。黒い影が洋子に接近してくる。

え？

鏡に映りこんだ影に、洋子もようやく気づいたようだ。

だれ？

洋子はふり向く……いや、ふり向く間もなかった。

洋子の首に、後ろからすばやく、黒い腕《うで》が回された。ぐいっと、首が締《し》めつけられる。ほんの数秒で、洋子は気を失った……。

Chapter 4

行方《ゆくえ》不明の少女たち

1

太陽の塔《とう》から出てきた暗号は解けないままでいた。

あれから。帰宅したレイは自室の机で、書き写してきた暗号文とずっとにらめっこしていた。

『注目は歪《ゆが》んだ7時5分前』

その文句をなんどもなんども読みなおす。本当になんなのだろう、歪んだ7時5分前……歪んだ時間。

あ、そうだわ、そういえば。いつだったか読んだ科学の本を、レイは思いだした。最新の物理学理論がわかりやすく説明されている本だ。そのなかに、「ワームホール理論」というのがあった。時間と空間をねじ曲げて連結させることによって、光速以上のスピードで移動が可能になる。たしかそんな話だった。これなど、「歪《ゆが》んだ時間」といえなくもないだろう。

するともしかして、図書室で科学の本に注目しろということか……いや、そうじゃないと思う。だって暗号文は「歪んだ7時5分前」なのだから。

7時5分前……6時55分。それが「歪んで」いるとは、どういうことなのか？

わからない。

わからないのは、その一行だけじゃない。その前の文の『作者はＷＨＯ？』も、いぜんとして謎《なぞ》のままだ。

「作者はどいつだ、と訳す。だからドイツ人、なんて……」

のぞみのダジャレが、ふと頭によみがえってきた。本当にひどいダジャレだったな……ダジャレねえ……ダジャレ、ダジャレ……あれ、わたし、なにがそんなに気になっているのかしら？

そのとき。なんの脈絡《みゃくらく》もなく、べつのことばがレイの頭に浮《う》かんできた。

「ふむふむ。すると、美術部員が製作した可能性もあるということか」

ええと、これはなんだっけ……そうそう、ペーパークラフトの太陽の塔《とう》を見たときの今泉さんのセリフだけど……え、ちょっと待ってよ、ということは……。

ひとつの推理が、レイの頭に芽ばえた。

太陽の塔《とう》を作ったのは美術部員だったとする。だとしたら、その左腕《ひだりうで》に隠《かく》されていた暗号文も、同じ美術部員の手によるものとは考えられないだろうか……うんうん、十分に考えられるんじゃないのかな。

でも、だからなに？

レイは自問自答する。

美術部員が作った暗号だったとして、それが解読の手がかりになるとでも……ん？

レイの脳細胞《のうさいぼう》のあいだで、チカッと光るものがあった。

歪《ゆが》んだ7時5分前と、ダジャレと、美術部員と。

この三つを結ぶなにかがある、ような気がしたのだ。しかも、その「なにか」を、わたし、たしかに、だれかの口から、はっきり耳にしたはずだけど……んーと、あれは、なんだったかしら？

レイは必死で記憶《きおく》をたどったが。

でてこなかった。

もどかしい。じれったい。

レイは人さし指でこめかみをグリグリする。でも、でてこないものは、どうしてもでてこない……。

はっと気がつくと、窓の外はもう明るくなっていた。『小惑星《しょうわくせい》の力学』に読みふけっていた昨晩同様、きょう四月十九日金曜日もまた、レイは完全寝不足《ねぶそく》で登校するはめになった。

そして。

ざんざん降りの雨の中、遅刻《ちこく》ギリギリで教室にたどりついたとたん、暗号の一件はもう、頭かられいに吹《ふ》っ飛《と》んでしまった。驚愕《きょうがく》かつ衝撃《しょうげき》の大ニュースが、レイを待ち受けていたからだ。

2

教室はざわついていた。数か所に人の輪ができている。なにかあったのかしら？　首をかしげつつ、レイは中に入っていく。

「あっ、野沢《のざわ》さん！　大変なのよ！」

姿を認めて、桂川《かつらがわ》アンナが駆《か》け寄《よ》ってきた。アナウンス研究会に所属し、高一きっての情報通でもある。

「どうしたの？」

「草刈《くさかり》さんがねえ、行方《ゆくえ》不明なんだって」

「ええっ!?」

クラスメイトの草刈洋子が、保健室から消えてしまった。家にも帰っていない。アンナはそういうのだった。

「保健室から退室するときは、となりの校医室にいる下妻先生にそういって、許可をもらう必要があるじゃない。なのに先生にはひとことのことわりもなく、いなくなっちゃったんだって、草刈さん。それでねえ……」

気になった下妻先生は、午後になってから、A組の教室をのぞきにきた。けれど洋子は席にいない。ということは、無断で帰宅してしまったのだろう。あした登校してきたらつかまえて、みっちりお説教してあげないとね。下妻先生はそう思ったという。

ところが。

夜遅《おそ》くなって、洋子の家から学校に連絡《れんらく》が入った。娘《むすめ》がまだ帰ってこないがどうしたのだろう、学校側になにか心当たりはないか、と。

「……っていうわけ。つまり草刈さん、保健室から行方をくらまして、そのまま失踪《しっそう》しちゃった。そういうことになるわよねえ」

教室がざわついていたのも、そのうわさ話で持ちきりだったからにちがいない。

アンナの報告にレイは大ショックを受けていた。

草刈洋子なら、まさにきのうの木曜日、四時間目が終わったあと、保健室まで様子を見にいっていた。洋子の保健室通いは、体の具合が悪いからじゃない。おそらくは彼女《かのじょ》の心の問題だ。そう感じたレイは、ひとことだけ忠告して引き上げてきたのだが。

もしかして。

レイの胸が動悸《どうき》を打つ。

わたしのせい？　わたしがきついことをいったのを気に病《や》んで？　もしそうだったら、わたし、どうしよう……。

そうではないことは、すぐにわかった。レイの顔を意味ありげにのぞきこみ、アンナが驚《おどろ》くべきことをいいだしたのだ。

「じつはねえ、野沢さん。大変っていうのは、それだけじゃないのよ」

「それだけじゃない？」

「ええ。草刈さんのほかにもふたり、ウチの学校の子が行方《ゆくえ》不明になっているんだって。先週から今週にかけて」

な、なんですって！

愕然《がくぜん》とするレイを尻目《しりめ》に、アンナがことばをつづける。

「ひとりはやっぱり高一で、C組の子。町野さおりさん、っていったっけな。彼女《かのじょ》の場合、今週の火曜日の放課後から行方《ゆくえ》不明なんだって。あと、もうひとりは、名前までは知らないけど高二の女の子で、先週の土曜から失踪《しっそう》したままっていう話よ」

高校の三人の女生徒がつぎつぎに失踪？　レイは唇《くちびる》を噛《か》んで考えこむ。ということは、草刈さんのケースも、その連続失踪事件の一環《いっかん》と考えるべきだろう。まさかこの天の川学園で、そんなとんでもない事件が起きていたなんて。

「それで？　それでどうなったの、桂川さん？　当然、警察は捜査《そうさ》に乗りだしているんでしょうね？」

勢いこんで質問するレイに、アンナはひょいと肩《かた》をすくめて、

「と思うけれど、わたしにもそこまではわからないな。ま、それはともかくとして、よ。この先もまだまだつづくのかなあ、失踪事件。ねえ、どう思う、野沢さん？」

3

六時間目が終わって。

どしゃ降りの雨をついて、レイはドングリ坂をのぼっていった。

事件のことは、それはもちろん気になる。かといって、レイがあれこれ頭を悩《なや》ませたところで、問題が解決するものではなかった。事件発覚を受けて、臨時にひらかれたホームルームでの要《かなめ》先生のことばが、耳によみがえってくる。

「草刈クンの一件は、いま、警察と学校で、鋭意《えいい》調査中だ。この件はまだ、マスコミには伏《ふ》せてあるので、みんな、無責任なうわさ話はくれぐれも慎《つつし》んで、いつもどおりに過ごすようにしてくれ」

そのとおりだわね。ここは先生のいいつけにしたがうしかないな。いつもどおりにサークル活動しながら、だまってなりゆきを見まもる一手でしょう。

チェシャ猫館《ねこかん》に到着《とうちゃく》する。

部室の引き戸をあけたレイを、耳をつんざく大騒音《だいそうおん》が出迎《でむか》えた。

ボガピコドガポロズガピロバガポコ、ズガボガガガ〜〜〜ン!!

あいたたた。

レイは頭をかかえた。いろいろあってすっかり忘れていたっけ、「ミュージック・ボンバー」のこと。目下のところ、これが現ア研の「いつもどおりの活動」だったのだ。うーん、まいったな。教室にも部室にも、なんだか、悩《なや》みの種ばっかりころがっているみたいで……ああっ、また！

ドゴバゴボゴ、ビゴゴ〜〜ン、グガガガガ〜〜〜ン！

慎吾《しんご》の「炸裂《さくれつ》キーボード」は、また、いちだんと凄味《すごみ》を増していた。つられるように、のぞみの「残酷童謡《ざんこくどうよう》俳句」もオソロシげに変貌《へんぼう》をとげていた。

「かごめかごめ後ろの正面吸血鬼《きゅうけつき》！」

こうなるとほとんどホラーの世界だ。

「そうだ、それだ！　いいぞいいぞ！」

だまって聴《き》いていた今泉が、突如《とつじょ》、ノリノリになった。「吸血鬼」が心の琴線《きんせん》に触《ふ》れたのだろうか。

「こういうのを、おれは待っていたんだ！　もっとガンガンいけっ、ガンガン！　うーん、なんかこう、じっとしてられなくなってきたな。よーし、こうなりゃ、おれも合奏する！」

宣言して、今泉はヴァイオリンを取り上げ、力いっぱい弾《ひ》きまくった。

ギゴゴ～、ギギギギ、ギゴギゴギゴ、ビシビシバシバシ。

おしまいの「ビシビシバシバシ」は、弓でヴァイオリンのボディをひっぱたく音だ。異様な迫《はく》力《りょく》がある。「セロ弾きのゴーシュ」のネコがこの場にいたら、物語と同じように踊《おど》り狂《くる》っていたかもしれない。

あーあ、もう、イヤだ。

レイは深くため息をついた。

「ミュージック・ボンバー」のアイデアそのものは、たしかにおもしろいと思う。突拍子《とっぴょうし》もないことが大好きな現ア研の、面目躍如《めんぼくやくじょ》というところね。

ただ、わたしはダメ。レイは内心、かぶりを振《ふ》っていた。わたし、やっぱり、これを音楽とは認められないな。ほかの人はどう思うのかしら？　部外者がどんな感想をいだくものか、ちょっとたずねてみたい気もするけれど……。

たずねるまでもなく、「部外者の感想」はすぐに明らかになった。

「やかましくて方程式が解けない！　頭がバカになる！　たのむからやめてくれ！」

と、隣室《りんしつ》の数学クラブが抗議《こうぎ》にやってきたのを皮切りに、三十分のあいだに、あちこちのサークルから苦情が殺到《さっとう》したのだ。

「騒音《そうおん》公害だ。軽犯罪法に抵触《ていしょく》するんじゃないのか。ただちに中止を要求する！」と、六法全書研究会。

「たいていのことは笑って許しやすが、こればっかりはシャレにならないでげす。いいかげんにしといたほうが、おあとがよろしいようで」と、落研《おちけん》――落語研究会。

「うるさくって、セーターの編み目が狂《くる》っちゃったじゃない。どうしてくれるのよっ！」と、編み物愛好会。

「なに考えてるんだよ、まったく。こっちは実験中なんだぞ。びっくりして、あやうく手に硫《りゅう》酸《さん》をかけてしまうところだったじゃないか。ホントにそんなことになったら、どうするんだ？責任とってくれるのか？」と、化学部。などなど。

予想外のブーイングの続出に、今泉ものぞみも慎吾もさすがに憮然《ぶぜん》となった。

「ふん、ゲージュツのわからんヤツらばっかしだぜ」と、カッカしながらのぞみ。

「同感です、のぞみ姉。思うに、われわれがあまりにも先鋭的《せんえいてき》すぎるんですよ」と、肩《かた》を怒《いか》らせて慎吾。

「ま、そういうものだろうな。なんであれ、先駆者《せんくしゃ》というものは、はじめはだれにも理解されないものさ」と、青汁《あおじる》を一気飲みしたような苦い顔で今泉。

先駆者はいいけれど、と、レイは思った。必要なのはみんなの理解じゃなくて、防音壁《ぼうおんへき》ではないのかしら。そしてわたしには、耳栓《みみせん》が必要かも……。

4

その少年がやってきたのは、抗議《こうぎ》の嵐《あらし》が一段落したころだった。

「おれ、ちょいと頭を冷やしてくるわ。ついでに飲み物でも買ってくるか」

今泉はそういって出ていき、部室にいたのはのぞみ、慎吾、レイの三人だけだった。ボロクソにいわれて少しは落ちこむかと思いきや、慎吾はファイトまんまんの顔で、

「いろいろいわれましたけど、ぼくは負けませんからね、のぞみ姉。つづけましょうよ、ミュージック・ボンバー」

「よくいった、慎吾。その意気だぜ。じゃ、もう一丁やるか」

ええっ、また？

げんなりするレイをよそに、ふたりはキーボードの前にならんで立つ。慎吾の指が鍵盤《けんばん》に触《ふ》れかかったときだった。ノックもなしに引き戸があき、見知らぬ少年がつかつか踏《ふ》みこんできたのだ。

え?

演奏体勢をくずし、のぞみと慎吾が不審《ふしん》の目を向ける。レイも視線を走らせた。くりくりとカールした茶色い髪《かみ》が印象的だ。

「だれだよ?」

問いかけたのぞみをジロリとにらみ返すと、少年は開口一番、人を小馬鹿《こばか》にするようなセリフを口にした。

「ふん、きみたちか。ジョン・ケージ気取りのエセ音楽をやっている連中は」

レイは耳をうたがった。初対面の相手に向かって、ふつう、そこまでいう? ずいぶん挑発《ちょうはつ》的《てき》ね。だれなの、いったい?

「エセ音楽? ジョン・ケージ気取り? 聞き捨てならないことをいってくれますね」

慎吾が気色《けしき》ばむ。のぞみが鬼《おに》の形相になり、つかみかからんばかりの勢いで、

「おい、あんた。だれだか知らないが、いくらなんでも失礼だろう! 取り消せ! 取り消し

て、謝《あやま》れ!」

ふん、と、少年は鼻を鳴らした。

「取り消す必要も、謝る必要もない。なぜなら、おれはまちがったことはいっていないからだ。きみたちがやっているのは、断じて音楽などではない。ただの騒音《そうおん》をまき散らしているだけだ」

う……それは、たしかに。自分でもそう思っていただけに、レイは納得《なっとく》せざるを得なかった。

ただ、わざわざそんなことをいいにきた少年の真意がつかめない。

のぞみがますます逆上し、大声をあげた。

「なんだと! こいつ、許さないぞ! もう一度いってみろよ、ええ!」

「おいおい、またか。こんどはどういう喧嘩《けんか》コントなんだ、のぞみくん?」

声といっしょに、今泉がもどってきた。のぞみと慎吾のいつものやりとりと、勘違《かんちが》いしたらしい。

「なんどもいうようだが、いいかげんにそのワン・パターンの……」

いいかけて、今泉の顔が急にこわばった。少年の存在に気づいたようだ。一瞬《いっしゅん》の沈黙《ちんもく》のあと、今泉は少年を凝視《ぎょうし》してつぶやく。

「おまえ、伊集院《いじゅういん》……」

「今泉？　ははあ、そうか、現代アート研究会。そういえば、きみがリーダーだったんだっけな。忘れていたよ」

伊集院と呼ばれた少年は、今泉にまっすぐ視線を向けた。

「この際だから、はっきりいわせてもらおう。音楽をナメるんじゃない。きみの博学ぶりには一目も二目もおいているが、知識だけでどうこうできるほど甘《あま》いものじゃないぞ、音楽は。きみがやっていることは、現代音楽への冒瀆《ぼうとく》だ」

「冒瀆？　なぜだ？」

「わからないのか、今泉？　ジョン・ケージの音楽は、一見、アイデアとパフォーマンス優先のむちゃくちゃな音楽のように思える。けどな。ケージだって音楽の基礎《きそ》はちゃんと勉強したんだ。かのシェーンベルクに師事して、作曲法を学んだりもしているんだぞ。ケージの偶然性《ぐうぜんせい》音楽というのは、いわば、音楽的試行錯誤《しこうさくご》の末にたどりついた、彼《かれ》ならではの結論だったのだ。単なる思いつきとはわけがちがうんだよ」

「……つまり、おれたちがやってるのは、単なる思いつきだ、と。そういいたいのか？」

「ちがうのか？」

「う……まあ、そういわれりゃ、そのとおりだ。しかしだな。まず思いつきがなけりゃ、なんにも生まれないのは事実だろう、アートというものは」

「いや、おれがいいたいのはそういうことではなくて……そうだな、これは口でいうより、実践《じっせん》したほうがよくわかるだろう。ちょっと借りるぞ、そのキーボード」

伊集院はキーボードに歩み寄り、慎吾とのぞみを押《お》しのけるようにして、椅子《いす》に腰《こし》をおろした。茶色い巻《ま》き髪《がみ》をかきあげてから、鍵盤《けんばん》に両手を置き、宙をあおいで目をつぶる。

つぎの瞬間《しゅんかん》。

十本の指がなめらかに鍵盤を滑《すべ》りだした。それとともに、流麗《りゅうれい》なメロディーが紡《つむ》ぎだされていく。

♪タ　ターンタン　タタター
タタタターンタン　タタター
「月の光、か……」

今泉がつぶやく。「え?」と目で問いかけるレイに、今泉は小声で説明した。

「ドビュッシーのピアノ曲集『ベルガマスク組曲』の一曲、『月の光』だ。ドビュッシーの作品のなかでも、一、二をあらそう名曲だよ」

名曲。本当に、そうとしかいいようがなかった。澄《す》みきった高音のメロディーに、断続的にからんでいく低音の響《ひび》き。どこまでも抒情的《じょじょうてき》な音色が、レイの心の奥《おく》にまで染《し》みこんでくるようだった。まるで、降り注いでくる月光を浴びているみたいだ。

曲だけではなかった。

この演奏。

小学生時代、レイの友だちに、日本でも指折りの音楽家をお父さんに持つ子がいた。しょっちゅう家に遊びにいっていたレイは、お父さんのピアノ——それも同じドビュッシーのピアノ曲を、よく聴《き》かせてもらったものだった。それにひけをとらないくらい、少年の演奏は素晴《すば》らしかったのだ。

のぞみも慎吾もぼうぜんとした顔で、伊集院の演奏に聞きほれている。

♪ターンタ　ターンタ　ターンタ　タ——ン……

そこはかとない余韻《よいん》を残して、曲は終わった。パチパチパチ。レイは思わず拍手《はくしゅ》を送る。

「すごいや」

「ああ、上手《うま》いなんてもんじゃないぜ」

慎吾とのぞみの口から、ため息みたいな賞賛のことばがもれる。受けて、今泉がいった。

「当然さ。こいつはおれと同級の伊集院翔《しょう》といって、将来を嘱望《しょくぼう》されてるピアニストだからな。

なにしろこの春、東京でひらかれたコンクール――リスト超絶技巧《ちょうぜつぎこう》ピアノコンクールで、堂々の優勝を飾《かざ》っているんだ。ほとんどプロ級、というより、もう、プロでも立派に通用する腕前《うでまえ》なんだよ」

「丁寧《ていねい》なご紹介《しょうかい》を、どうもありがとう」

伊集院が立ちあがって、ペコリと一礼した。

そうだったの。レイは感嘆《かんたん》する。リスト超絶技巧ピアノコンクールで優勝。それは、ミステリーで乱歩賞を受賞するのと、どっちがスゴいのかしらね……。

5

「それで？」

今泉がキーボードのほうに歩み寄った。

「なにがいいたいんだ、伊集院？　まさかおれたちに、ピアノの腕を披露《ひろう》したかったんじゃあるまい？」

「もちろんだ。キーボードのきみにききたいんだけどな」

皮肉っぽい笑《え》みを浮《う》かべ、伊集院は巻《ま》き髪《がみ》をかきあげながら慎吾に質問する。

「どのぐらい弾《ひ》くんだい、きみは？」

「えっ、どのぐらいって？」

「だから、いまおれが弾いたドビュッシーぐらいはできる、とかさ」

「と、とんでもない」

慎吾は首をぷるぷるさせて、

「とてもとても、あそこまでは」

「ふふん、そうか」

鼻で笑って、伊集院は今泉をふり向いた。

「もう一度いうがな、今泉。前衛音楽とはデタラメじゃない。デタラメのように見えて、そのじつ、ちゃんとしたテクニックの裏づけがあるんだよ。せめておれぐらい弾けてこそ手を染める資格がある、というのがおれの持論だ。ひるがえって、きみたちに音楽的テクニックはあるのか。ないだろう。そんなきみたちが、前衛に挑戦《ちょうせん》するのは百年早い。現代音楽への冒瀆《ぼうとく》もいいところだ。おれがいいたいのは、つまりそういうことさ。なにか反論はあるか？」

「う、う……」

さすがの今泉も返答につまっている。慎吾は思いっきりへこんだ顔つきだ。口うるさいのぞみも、今回ばかりは反論のしようがないようだ。

正論だわね。

レイは負けを認めた。プロのピアニストに理路整然とそう指摘《してき》されては、返すことばがない。ぐうの音もでない、とはこのことだな……。

「そうそう。せっかくだから、ジョン・ケージ大好きなきみたちに、一曲ささげるよ」

皮肉っぽい口調でそういうと、伊集院はキーボードの前にすわりなおした。ゆっくりと、指が動きだす。

奇妙《きみょう》な曲がはじまった。

メロディーがあるんだかないんだかよくわからない、それは不思議な味わいの曲だった。ぐるぐるぐるぐると、まるで空気が循環《じゅんかん》するように流れていくピアノの音。レイは一瞬《いっしゅん》、ギリシャ神話にでてくるミノタウロスの迷宮《めいきゅう》の中をさまよっているような、そんな気分にとらわれた。

「この曲調は……メシアン……いや、そうじゃないなあ……待てよ……これは、ひょっとして……あっ、わかったぞ！」

ぶつぶつつぶやいていた今泉の顔が、ぱっと輝《かがや》いた。

「サティだろう！　エリック・サティのヴェクサシオンだな！」

演奏しながら、伊集院が返事をする。

「正解だ。さすがは、博学な今泉だな」

「八百四十回だな！」

「そうだ。八百四十回だ」

「ああ、そうかそうか、それでジョン・ケージなのか」

めまいがするような曲をＢＧＭに、意味不明なふたりだけの会話が進行していく。

サティ？　ヴェクサシオン？　八百四十回？　なんの話をしているの？　たまらず、レイは口をはさもうとしたが、のぞみのほうが早かった。

「待ってくれ、純さん。エリック・サティってなんだ？　八百四十回がどうしたんだよ？」

「そうですよ、部長。ぼくたちにもわかるように、ちゃんと説明してください」

慎吾もせっつく。

「うむ。エリック・サティというのはだな……」

今泉はおもむろに語りだした。

「十九世紀末から二十世紀にかけてのフランスの作曲家だ。その作風はなんといえばいいか、そう、『奇矯《ききょう》』と表現するのがぴったりかもしれないな。詳《くわ》しいことが知りたかったら、自分で聴《き》くなり調べるなりしてくれ。そのサティが一八九五年頃《ごろ》に作曲したのが、いま伊集院が弾《ひ》いている曲・ヴェクサシオンなのだが……」

つづく今泉の説明に、レイたち三人はあいた口がふさがらなくなった。曲の長さは八十秒ぐらい。だからすぐ弾き終わるかと思いきや、どっこい、完奏するにはなんと二十時間近くかかるというのだ。というのも、サティ自らが「八百四十回繰《く》り返《かえ》して演奏せよ」と指定しているからだ、という。

「なんだ、そりゃ？　んなことして、なんか意味があるのか？」

「まったくです。なんでまた、そんなバカなことを？」

のぞみと慎吾が疑問の声をあげる。今泉はひょいと肩《かた》をすくめて、

「それなんだがな。ヴェクサシオンというのは、『いやがらせ』とか『いじめ』の意味なんだそうだ。つまり、弾けるものなら弾いてみろと、サティはそういいたかったんじゃないのか」

「ちょっと待て、純さん。正気なのか？　作曲者が演奏者にいやがらせをしてどうするんだよ！」

「あのな。おれに嚙《か》みついてもしょうがないだろう、のぞみくん」

苦笑いして、今泉は説明を続行した。

「そんな曲だから、完成はしたものの、演奏しようとするピアニストはだれひとりいなかった。ようやく初演がおこなわれたのは、じつに六十八年後の一九六三年、ニューヨークでのことだった。ジョン・ケージが音頭をとり、十人のピアニストと交代で、十八時間四十分かけて弾《ひ》き通《とお》した、との記録が残っている。日本でも、一九六七年の大晦日《おおみそか》から六八年の元旦《がんたん》まで二年にわたって、十六人がかりで演奏されたそうだ」

「長い解説、ご苦労さん、今泉。さて、と、これで十回か。八百四十回にはほど遠いが、ひとりで完奏はきつすぎるからな。このぐらいにしておくよ」

伊集院翔の指が鍵盤《けんばん》をはなれた。音が途絶《とだ》える。

「じゃ、これで。邪魔《じゃま》したな」

「ちょっと待ってください、伊集院さん」

引き上げようとする伊集院の前に、レイは立ちふさがった。ふっと思いついたことがあったのだ。

「いまのはつまり、伊集院さんも、わたしたちに、ヴェクサシオン——いやがらせをしにきた。そういうことなんですか?」

「ふふん。そう思ってもらって結構だ」

伊集院はレイに冷たい視線を浴びせて、

「いいたいことはさっき全部いった。こんなくだらないことをやってるヒマがあるんなら、部室でも掃除《そうじ》してるほうがよっぽどマシなんじゃないのか。なんて、余計なお世話だったか。失礼する」

戸のほうに向かいかけた伊集院の足が、途中《とちゅう》でふいに止まった。

「待てよ、そうだ、部室といえば……」

つぶやいて、伊集院は天井《てんじょう》を見あげる。

あれ、どうかしたのかな？　その様子をレイはじっと見つめた。このうえまだ、なにかいいたいことでも？　今泉ものぞみも慎吾も、怪訝《けげん》そうな顔だ。

「ききたいんだが、ここはたしか、一一一号室だったな？」

天井を見あげたまま、伊集院がだれにいうともなく質問した。慎吾が答える。

「ええ、そうですけど。それがなにか？」

「だったら……ちょっとたずねたいことがあるんだが」

そういって、伊集院はレイたちに向きなおった。

その表情。

レイははっとした。さっきまでの自信たっぷりなピアニスト伊集院翔は、すっかり影《かげ》をひそめていた。かわってそこにいたのは、見るからに不安げな表情を浮《う》かべたひとりの少年だった。

本当にどうしたのだろう？　訝《いぶか》しく思いつつ、レイは水を向けた。

「なんですか、伊集院さん？　たずねたいことって？」

6

「じつはここの真上、二一一号室は演劇部の部室なんだがな」

そう前置きして、伊集院はこんな話をはじめた。

演劇部に高二の深川千加という生徒が所属している。脚本《きゃくほん》を担当しており、間近に迫《せま》った演劇コンクールのため、ここのところ執筆《しっぴつ》に追いまくられていた。その深川千加が、先週の土曜日以来、行方《ゆくえ》不明になってしまった。伊集院はそういうのだった。

ええっ！

レイの心臓が跳《は》ね上《あ》がった。じゃあ、桂川さんがいってた「名前のわからない高二の子」っていうのは、演劇部の深川千加さんのことだったのね！

ほかの三人もすぐさま反応した。

「あ、それは、いま、学校じゅうで話題の、あれか？」と、今泉。

「連続失踪《しっそう》事件だな！」と、のぞみ。

「その、いちばんはじめの事件ですよね？」と、慎吾。

「ああ、そういうことだ。考えてみれば、もう一週間もたつんだなあ……」

みけんにしわを寄せて、伊集院は話をつづけた。

その日、千加は部室で、ずっと原稿《げんこう》を書いていたという。脚本《きゃくほん》はいちおう完成し、ワープロに差しこんだままのフロッピーディスクに、きっちりセーブされていた。なおファイルには、セーブする直前の時刻が打ちこまれていた。「4/13 10:06 PM」となっていたという。つまり千加は、その日の午後十時六分までは部室にいたことになる。

「たずねたいことというのは、まさにそのことなんだよ」

伊集院はレイたち四人をグルリと見まわして、

「土曜日だし、その日はきみたちも、ここで活動してたんだろう？　上の部屋のことで、なにか気がついたことはないか？　おかしな物音がしたとか、悲鳴が聞こえたとか、なんでもいいんだが」

先週の土曜日か。レイは思い返す。あの日は……そうそう、「オタマジャクシ・ミュージック」の日だったわよね。気づいたことは……うーん、べつに、なにもないなあ。それに、そんなに遅《おそ》くまではいなかったもの。

今泉が目玉を右から左へ移動させながら、答える。

「うーん、そうだなあ……あの日はけっこうバタバタしてて、ほかの部室にまでは気がまわらなかったなあ。それに、六時前にはここを出ちまったし。のぞみくんはどうだ？」

「あたしもだ。ご期待にそえなくて申し訳ないんだけど」

「……そうか」

つぶやいて、伊集院ががっくり肩《かた》を落とす。慎吾がややためらいがちに、

「あのー、伊集院さん。きいても、いいですか？」

「ん、なにを？」

「演劇部じゃないですよね、伊集院さんは？」

「ああ、ちがう」

「なのに、なんで知っているんです、そんなに詳《くわ》しい情報を？　深川さんが脚本《きゃくほん》を書いていたこととか、ワープロのこととか？」

そう。レイもそのことは不思議に思っていたのだ。伊集院はしばらくだまりこんでいたが、やがてボソッといった。

「つき合ってたんだ」

「え?」

「だから、おれ、千加とつき合っていたんだよ。それで、じっとしていられなくなってさ。演劇部に出かけていって、ほかの部員にいろいろ話をきいたり、調べたりしてみたんだ。けど、ダメだ。なんにも手がかりは得られなかった。ほんとに、どこにいるんだろうな、あいつ……」

おしまいのほうはほとんど独り言になっている。

「そうだったのか。心配だな、それは……」

のぞみが案じ顔でつぶやく。それからふと思いだしたように、

「待ってくれよ、伊集院さん。高二だっていったな、その深川千加さんって子。深川千加……深川千加……あ、ひょっとしてD組の、あのおさげ髪《がみ》の子か?」

「ああ、そうだ。面識があったのか?」

「面識ってほどでもないんだけどさ。おんなじ学年だし、いまどきめずらしい髪形なんで、ちょっと印象に残ってたんだよ。そうなのか、あの子がなあ……」

おさげ髪《がみ》の子？　レイの心に、なにかが引っかかったが、一瞬《いっしゅん》ののち、釣《つ》り針《ばり》から逃《のが》れた魚のように離《はな》れていってしまった。

「よし、事情はよくわかった」

今泉がバトンタッチして、いきなりレイに話を振《ふ》ってきたからだ。

「どうだい、レイくん。ここはレイくんの出番なんじゃないのか？」

「あたしも同感だ。どうだ、レイ。ひとつ、捜査《そうさ》に乗りだしてみては？」

「賛成ですね、ぼくも。なにしろ、この天の川学園で起きた事件なんですから。レイさん以上の探偵役《たんていやく》はいませんよ」

のぞみも慎吾も賛同する。伊集院がぽかんとした様子で、

「探偵役？　なんの話だ？」

「あ、いいえ、なんでもありません」

レイはあわてて、顔の前で手を横に振った。だめじゃないの、みんな。真剣《しんけん》に心配している伊集院さんの前で、そんなことを軽々しくいっては。

「ともかく、わたしたちにとっても、とても人ごととは思えません。一刻も早く解決するように願うばかりです。だいじょうぶ、千加さんも、ほかのみんなも、きっと無事ですよ。かならず

帰ってくるって、わたし、そう信じていますから」

「あ……ああ、そうだよな。きっと無事だよな。おれも、そう信じる……信じたいんだが……」

それ以上はいわず、伊集院はうつむきかげんで部屋を出ていった。のぞみが不服そうに口をとがらせて、

「なんだよ、レイ、捜査《そうさ》しないのかよ?」

「あのですね、いっておきますけれど、みなさん」

レイは三人をにらんで、ぴしゃっといった。

「捜査するのは警察の役目です。これは現実に起きた事件で、もしかしたら犯罪がからんでいるかもしれないんですよ。遊び気分でしゃしゃりでていって、どうにかなるものじゃありませんから」

「……そ、そうか、そうだな」

「……いわれてみれば、たしかに」

今泉と慎吾がバツの悪そうな顔をする。のぞみが頭をかきかき、

「わ、わかったよ、レイ。そんなおっかない顔すんなよな。能面よりか、ずっと凄味《すごみ》あるぜ」

能面というのは、生活指導担当の赤池聖子《あかいけせいこ》先生のアダ名だ。冷水を浴びせかけるような口調と

メスのような鋭《するど》い視線とで、天の川の生徒たちの恐怖《きょうふ》の的なのだ。

ええっ、そんな。レイは憮然《ぶぜん》とする。わたし、そんなに「おっかない」かしら？

「えー、それはそれとしてだな。さあて、どうしたものかなあ、これからの活動」

今泉がむずかしい顔をつくって、

「あそこまでいわれちまって、おれ、さすがにまいったぜ。伊集院がいったことも、たしかに一理ある。残念だが、だめかもなあ、現代音楽は。仕方ない。またなにか、新しいテーマを考えてみるか」

「そうだな、純さん。悔《くや》しいが、それっきゃないだろ」

「ですね。なあに、部長がいつもいってるように、現代アートは幅《はば》が広いですから。テーマはいくらでも見つかりますよ」

のぞみも慎吾も同意する。レイとしても異存はなかった。あの音の洪水《こうずい》からやっと逃《のが》れられるかと思うと、残念どころかむしろほっとする。その意味では、伊集院さんのヴェクサシオン——いやがらせに感謝するべきかしらね。

「じゃあ、きょうは、解散だな」

今泉が宣言して、その日の活動はおひらきとなった。

どうしようかな。レイは思案にくれる。まだ時間も早いし、きょうも古本屋に……あらっ？　レイは小首をかしげた。わたし、なにか、忘れてることがあるような……えーと、えーと……なんだったっけ？

「そうそう、レイさん、あれはどうなりましたか？」

部室を出たところで、慎吾が質問してきた。

「え、あれって？」

「ほら、きのうのあれですよ。太陽の塔《とう》の暗号。解読できたんですか？」

あっ、そうか！

レイは自分の頭をコツンした。すっかり忘れていたけれど、そうそう、それもあったのよね。謎《なぞ》がいっぱいだ。しかも、ちっとも解明できない。ああ、もう、なんだかイライラするな。

きっと、と、レイは思った。複数の未解決事件をかかえこんでるシャーロック・ホームズも、こんな気分だったんじゃないのかしらね。もっとも、ホームズに解決できない事件や解けない謎なんて、ひとつもなかったけれども……。

Interlude 4

高橋《たかはし》メグの場合・四月二十日

雨が好き。

高橋メグはウキウキしていた。雨の日は本当に気分がいい。とくに、きのうのようなざんざん降りの雨の日。空気の皮がじょじょに洗い流されていって、晴れてる日とはまたべつの世界がふっと顔をのぞかせる。そんな気がする。

なんといっても最高なのは、台風の日。外に飛びだしていって、ずぶ濡《ぬ》れになりながらダンスしたくなったりする。

でも、きょうみたいな、小糠雨《こぬかあめ》の日も悪くない。しとしとと降りしきる雨をながめていると、みょうに心がはずんでくる。

むかしっから、どうしてだか気象に興味があった。新聞やテレビの天気図を見るのが、どんな本を読むのよりおもしろかった。とりわけ、雨を意味する「●」や、雷雨《らいう》「◒」、みぞれ「」

なんて記号を目で追っていると、知らないうちに頬《ほお》がゆるんでくる。まるで、ペットと遊んでいるみたいに。

だから天の川学園中学に入学したとき、サークル活動は迷わず「気象観測クラブ」を選んだ。まさにメグのためにあるようなサークルだった。将来の夢は、もちろん、気象予報士だ。

メグと同好の士は、けれども、そんなに多くなかった。それから二年。中三になった今年、三人いた先輩《せんぱい》のうちふたりは高校を卒業、ひとりは退部してしまい、クラブにはメグだけしか残らなかった。

うーん、まいっちゃったなあ。

さすがにメグは落ちこんだ。チェシャ猫館《ねこかん》の部室こそ死守したものの、ひとりだけの活動というのはやっぱりさみしかった。天気図を作製したり、気圧配置の分析《ぶんせき》をしたりしていても、どこか気合いが入らない。

でも、いいんだ。

メグは自分に、むりやりいいきかせた。仲間がいなくったって、あたしには雨が友だちだもん。

四月二十日、土曜日。

メグは真っ赤な傘《かさ》をさして、中学校校舎を飛びだした。事情があって、きょうは一時間目で授業打ち切りとなった。

ラッキー！

メグはごきげんだ。だって、せっかくの雨の日に教室にこもっているなんて、もったいなさすぎるもん。こういう日は、水辺に行くのがいちばん。メグはそう思う。空から落ちてくる水が、大地の水と同化する瞬間《しゅんかん》を見るのが大好きだからだ。

水辺といったら、キャンパス西はずれの卍沼《まんじぬま》だ。校舎を出たメグは、正門へ向かう「桜通り」とは反対側、花壇《かだん》がならぶブロックのほうへと歩を進めていった。

卍沼は、生徒たちには不人気のスポットだった。「妖怪《ようかい》がでそう」とかいって、好んで近づこうとする者はほとんどいない。

でも、そんなうわさ話、メグはぜんぜん気にならなかった。これまでにもよく、雨の日になると出向いていったものだった。沼のほとりにしゃがみこんでは、空の水と地の水がひとつに溶《と》け合《あ》うさまを飽《あ》きずにながめる。それだけでもう、シアワセいっぱいだ。

雨とか水がなんでこんなに好きなのか、自分でもよくわからなかった。

もしかして、と、メグは思う。

だれだったかの作品に、「水の子」ってお話があったっけ。川に落ちた男の子が、首のところにエラができて、水の中で暮らすようになる物語。あたしも、もしかして、前世は水の子だったのかもね。

花壇《かだん》のあいだをうねうねつづく砂利道《じゃりみち》を進んでいく。この季節、花壇には色とりどりのチューリップが咲《さ》き乱《みだ》れているが、メグは植物にはまったく興味がない。

花壇を通りすぎる。

砂利道は黒土の小径《こみち》に変化して、雑木林の中に吸いこまれていた。キャンパスには、かなり広大な面積の雑木林帯が、あちこちに点在しているのだ。

わき目もふらずに歩くこと十分ちょっと。よどんだ水をたたえる卍沼《まんじぬま》に、メグは到着《とうちゃく》した。

傘《かさ》をさしてはいたけれど、体じゅうに雨粒《あまつぶ》がまとわりついている。少し風がでてきたせいだろう。二本のおさげ髪《がみ》がじっとり湿《しめ》っている。でも、平気。だって、あたし、水の子だもん。お日さまに当たっているより、このほうがずっと気持ちいいんだから。

いつものようにメグは、沼のほとりの杉《すぎ》の大木の下に腰《こし》をおろした。このポジションだと、杉の葉っぱがひさしがわりになってくれる。メグは傘をたたんで横に置き、水面《みなも》に目を走らせた。

しとしと、しとしと。

無数の雨粒《あまつぶ》が水面《みなも》に舞《ま》い落《お》ちている。

水面に何重もの波紋《はもん》が生じ、外へ外へと大きくひろがっていく。じっと見つめていると、なんだか、自分の意識までひろがっていくような気分だ。

雨が好き。

メグはあらためてそう思った。

たとえ変人だっていわれようと、あたし、絶対、雨が好き。

それからどのぐらい、水面をながめていただろうか。腕時計《うでどけい》をのぞくと、もう二時間近く経過している。そういえば、少しうとうとしちゃったっけな。それでこんなに時間がたって……。

あれ？

メグはふと目を見はった。

向かって右手、沼《ぬま》のふちからはやや離《はな》れた場所に、小さな木のお堂が建っている。ここからだと、二十メートルほどの距離《きょり》だ。

その名を「円空堂《えんくうどう》」という。江戸《えど》時代、十七世紀後半、仏師・円空がこの地を訪《おとず》れた記念に建てられたもの、という話だった。それが学校のキャンパス内に、そっくりそのまま保存されているのだった。

お堂の中には、円空が彫《ほ》ったとされる木の仏像──「円空仏」が数体、台座の上に安置されている。ただし、あくまでもいいつたえだった。真偽《しんぎ》のほどは定《さだ》かではなかったし、メグにとっても、べつにどっちでもいい話だった。

問題はそんなことじゃなかった。

その円空堂の木のとびらが、ギギギッと、外に開いたのだ。

うそでしょ。メグは眉《まゆ》をひそめた。あんなお堂の中に、だれかが入ってるはずないじゃない。

きっと、風のせいかなにかで、自然に……。

ちがう。

風のせいではなかった。

その証拠《しょうこ》に、開いたとびらのあいだから、ヌッと、真っ黒い腕《うで》が突《つ》きだしてきたのだ。一拍《いっぱく》おいて、黒い人影《ひとかげ》が、お堂の中からあらわれでた。黒いズボンに黒い靴《くつ》。フードつきの黒いウインドブレーカーを着こんでいる。ウインドブレーカーのすそが、風にパタパタはためいている。

だれ？　なんで円空堂から出てきたのか……あっ！

メグの心臓が跳《は》ね上《あ》がった。ウインドブレーカーの人物の顔が、こっちにまっすぐ向けられたのだ。

な、なによ、あれ！

メグの背中を寒気が走った。その顔が、ヌメッと黒光りしていたからだ。そればかりではない。顔にはふたつの目玉があるだけで、ほかのパーツはなんにもなかったのだ。

目玉だけの顔が、まるで品定めでもするかのように、メグをじーっと観察している。そんなふうに見える。

メグの体が震《ふる》えだす。も、もしかして、あれが、みんながうわさしてた「卍沼《まんじぬま》の妖怪《ようかい》」とか……。

つぎの瞬間《しゅんかん》だった。

「妖怪」はいきなり、メグのほうにダッシュしてきた。ヌメッと黒い顔が、見る見る接近してくる。

「きゃあああ〜〜〜っ!!」

叫《さけ》び声《ごえ》をあげ、メグは本能的に逃《に》げ出《だ》していた。

やだっ！　やだやだやだっ！　こっちにこないでっ！

願いはむなしかった。

「妖怪」の手が後ろから、メグのジャケットの襟《えり》をつかんだ。

「いや〜〜〜っ！」

メグは必死で振《ふ》り払《はら》う。

手が放れる。

しめた。早く早く。メグの足に力がこもった。急いで逃《に》げるんだ。逃げて……でも、逃げられなかった。

ドン。

「妖怪《ようかい》」が、こんどはメグの背中を押《お》した。はずみでメグは前につんのめる。つんのめって、手近の木に頭から激突《げきとつ》した。

ガツン。頭の中に火花が飛びかった。痛い。痛くて熱い。熱くて……急速に、意識がブラックアウトしていく。そのまま、高橋メグは気絶した……。

Chapter 5

地下王国へ！

1

四月二十日、土曜日、午前七時。授業開始の一時間以上前に、レイは早くも教室にきていた。

というのは……。

二日連続の寝不足《ねぶそく》がたたって、昨晩はなんにもできなかった。考えるべきことはいろいろあったのに、なにも考えられなかった。お手伝いさんがつくってくれた夕食をすませたあと、宿題を片づけ、いざ「推理モード」に入ろうとしたとたん、こらえきれない睡魔《すいま》がおそってきたのだ。

ああ、ダメだわ、とても我慢《がまん》できない。一時間だけ仮眠《かみん》しようかな。

そのつもりでベッドに入ったレイは、そのまま、深い眠《ねむ》りに引きずりこまれていった。夢も見ずにこんこんと眠《ねむ》り、はっと目が覚めたのは朝の五時半だった。

わあ、しまったな。けれど、眠ってしまったものは仕方がない。こうなったらきょうは早起きして、もう登校してしまおう。

ベッドを出て、浴室でシャワーを浴びる。お気に入りのマリンブルーのワンピースに着がえる。自分でいれたミルクティーとトーストで朝食をすませる。

窓ガラスには細かい雨粒《あまつぶ》が貼《は》りついていた。外は小雨模様《こさめもよう》だ。こうもり傘《がさ》を手に家を出ると、レイはバスと地下鉄を乗《の》り継《つ》ぎ、学校に一番乗りしたのだった。

無人の教室に入り、自分の席に着く。

隣《となり》の列のひとつ前の席に、レイはふと目をやった。草刈洋子《くさかりようこ》の席だ。洋子がこの席にすわっている姿はほとんど目にしていない。当然だ。ずっと「保健室通い」だったのだから。

ただ。一学期の初日だけは、たしかにいた。レイの頭の中で、記憶《きおく》のフィルムが逆回転する。

そうだ、あの日は担任になった要俊樹《かなめとしき》先生の「挨拶《あいさつ》がわりの抜《ぬ》き打《う》ちテスト」があったんだっけ。

「えーっ、そんなのないよー」

と、みんな不平たらたらだったけれど、テストはテストだ。「はじめ！」の合図で、レイは問題に取り組んだ。先生もいっていたとおり、それほど難しい問題ではなかった。制限時間三十分に十分を残し、レイは全問を解き終えていた。

ふうっ、できたっと。顔をあげたレイの目に、洋子の後ろ姿が映った。解きあぐねているのだろうか。洋子はしきりに髪《かみ》をいじっていた。二本のおさげ髪を、両手でひっぱったりしている。考えこんでいるときの、無意識のクセなのかもしれない。

そういえば、きのう、保健室でも、ベッドからちょこっとはみだしていたっけな、おさげ髪……え？

レイは回想から引きもどされた。

ほとんど同時に、耳によみがえってくることばがあった。

「深川千加……深川千加……あ、ひょっとしてD組の、あのおさげ髪の子か？」

これは……きのうの、のぞみさんのセリフだけれど……そうか、これだわ！

レイはようやくわかった。

きのう、部室を出る寸前、「なにか忘れていることがある」と思ったその「なにか」。それは、まさにこのことだったのだ。

たったいま思いだしたとおり、草刈洋子のおさげ髪のことは、レイの記憶《きおく》の底に残っていた。

その洋子は行方《ゆくえ》不明だ。

そして。

同じく行方不明の深川千加。彼女《かのじょ》もまたおさげ髪《がみ》だった。そうと知ったとき、ふっと心に引っかかったのがなんだったのか、いま、レイははっきりと認識《にんしき》していた。

失踪《しっそう》したふたりの少女は、ふたりともおさげ髪だった！

これは偶然《ぐうぜん》なのだろうか？

あ、待ってよ、そうだわ。

ガタンと音を立てて、レイは席から立ちあがった。行方不明の子はもうひとりいたのだ。C組の、町野さおりさん。彼女の髪はどうだったんだろう？

よし、ここは聞きこみの一手だな。

C組の教室に向かう。早すぎて、まだだれもきていない。レイはじりじりと待つ。十五分ほどして、ようやく男子生徒がひとりあらわれた。引き戸の前に立つレイに、怪訝《けげん》そうな顔を向けてくる。レイはすぐさま質問した。

「あのー、いま、いいかしら。ちょっと聞きたいことがあるんだけどな」

「え、なにさ？」

「このクラスに、町野さおりさんって、いるわよね？」

「町野？　ああ、いるよ。いるけど……いなくなっちゃったんだよ」

「ええ、知ってるわ、それは。どんな髪形《かみがた》してた、町野さん？」

「髪形？　えーと、こういうやつ」

いいながら男子生徒は両手をまるめ、頭の両側から垂らす仕草をした。

「三つ編みっていうんだっけ。アナクロな髪形だけど、あれはあれでけっこうカワイイよな」

やっぱり、そうか。

礼をいってA組の教室にもどると、レイはふたたび席について黙考《もっこう》する。

町野さおりもおさげ髪だった。

つまり、失踪《しっそう》した三人が三人ともおさげ髪だったのだ。ここまでくると、もはや偶然《ぐうぜん》とは思えない。

ではいったい、どんな関係が？

わからないな。レイは小さく首を振《ふ》った。失踪事件とおさげ髪。推理をめぐらそうにも、データはなんにもないのだから。

おさげ髪……三つ編み、か。どっちが一般的《いっぱんてき》なのかな。そういえば、さっきの男の子は三つ編みっていってたけれど。

三つ編み、三つ編み。唇《くちびる》の上で、レイはなにげなしに、そのことばを反芻《はんすう》する。

三つ編み、三つ編み……ええと、なにか、もうひとつ、なかったかしら？　三つ編み、三つ編み……三つ編みぴょこぴょこの女の子……ああ、これは石田洋平くんのことばだったっけな。天の川学園美術部出身のイラストレイター、村木青銅の絵に登場する少女たち……ん？

レイの脳細胞《のうさいぼう》をチクリと刺激《しげき》するものがあった。

村木青銅。

その名前、わたし、べつのところでも目にしなかったっけ？　それも、つい最近……ええと、あれは、どこでだったかしらね……村木村木村木村……おやっ？

レイはかばんを探《さぐ》った。確かめたいことがあって、手帳のあいだにはさんであるあの紙片《しへん》——洋平からあずかった「太陽の塔《とう》の暗号」を取りだそうとしたのだが。

ガラガラガラッ。

教室の引き戸があいた。

「あ、野沢《のざわ》さん、もういたんだ。大変なことになっちゃったわね！」

声とともに、レイの席に桂川《かつらがわ》アンナが駆《か》け寄《よ》ってくる。ああ、もうっ。内心でレイは舌打ち

する。邪魔《じゃま》が入ってしまった。仕方がないな。レイはアンナをふり仰《あお》いで、

「大変なことって、こんどは、なに？」

「やだ、新聞見てないの、野沢さん？」

「え、ええ」

きょとんとするレイの目の前に、アンナは手にする風浜《かぜはま》日報の朝刊を差しだした。

『名門天の川学園で連続失踪《しっそう》事件』

そんな見出しが躍《おど》っている。レイは息をのんだ。「この件はまだ、マスコミには伏《ふ》せてある」と、きのう、要先生はいった。けれど、どうやら漏《も》れてしまったようだ。

「大騒《おおさわ》ぎになるわよ、きっと」

アンナが目をらんらんと輝《かがや》かせて、

「新聞とか週刊誌とかテレビとか、わっと群がってくるから、絶対に。もしインタビューとかされちゃったら、わたし、どうしようかな」

2

アンナの予告どおりになった。

生徒たちの登校時間に合わせ、正門前にマスコミが殺到《さっとう》したのだ。やってくる生徒をだれかれなくつかまえては、マイクを突《つ》きつけ、コメントをとろうとする。警備員と先生が走り寄っていき、制止しようとしてもみ合いになる。怒号《どごう》が飛びかう。

「たのむよ、きみ、なにかひとこと！」

「おい、あんた、いいかげんにしろ！　なんのつもりだ！」

「そっちこそなんだ！　取材の邪魔《じゃま》するな！」

そんなこんなで、一時間目の授業は中止。自習ということになった。

教室じゅうがざわめいていた。あっちの机、こっちの机に人の輪ができ、てんでに憶測《おくそく》を述べ合っている。

「失踪《しっそう》とか行方《ゆくえ》不明とかいってるけど、ホントはどうなんだ？　案外、三人とも、ただの家出だったんじゃないのか。それがたまたま、時期が重なっただけってことは？」

「なにいってるの。楽観的すぎるわよ。新聞にもあったじゃない、犯罪に巻きこまれた可能性もあるって」

「そうだそうだ。誘拐《ゆうかい》ってセンだって、十分あり得るぞ」

「誘拐？　それだったら、犯人からなにか要求があるはずだ。けどいまのところ、そんな様子はないんだろ。おかしいじゃないか」

アンナがレイの意見を求めてくる。

「ね、ね、野沢さんはどう思ってるの？」

レイはことばをにごす。こんなことをしてる場合じゃない。さっきひらめいたことを、すぐにでも確かめたいのに。でも、できない。暗号文を机にひろげたりしようものなら、

「いえ、わたしはべつに、なんにも……」

「あっ、なになに、それ、野沢さん？」

と、情報に目がないアンナが飛びついてくるに決まっている。第一、こんなに騒々《そうぞう》しくっては、集中して考えるのは不可能だ。草刈さんじゃないけれど、と、レイは思った。いっそのことわたしも、保健室に逃《に》げこんでしまいたい気分だわ……。

三十分ほどして。教室前方の引き戸があいた。担任の要先生が入ってくる。いつものように黒

いジャケット、黒いズボン、黒いハイネックのニットシャツという黒ずくめファッションだ。

「きいてくれ、みんな」

学校からの正式な通達がでた。こんな状態では落ちついて授業もできない。きょうは一時間目で打ち切りとする。みんな、すみやかに下校すること。要先生はそう告げるのだった。

「ただし正門前には、マスコミがハイエナのように待機しているからな。なので、裏門か西門から出ていくように。以上だ」

ちょうどいい。レイはすばやく席を立った。部室に行こう。部室ならだれにも邪魔《じゃま》されずにすむ。渡《わた》りに船とはこのことだな。

教室にはまだ、ほとんどの生徒が居残っていた。すみやかに下校といわれても、あっさりしたがうものがいるはずない。みんな、事件に興奮しきっているのだ。

「ね、ね、ね、さっきのつづきだけど。やっぱり、誘拐《ゆうかい》だと思う?」

「いや、だから、そうじゃなくってさあ……」

アンナを中心に、早速《さっそく》、うわさ話に花が咲《さ》きはじめる。引きとめられないうちに。レイは急ぎ足で、教室を飛びだした。

高校校舎を出る。こうもり傘《がさ》をさして桜通りを進み、途中《とちゅう》で左折してドングリ坂をのぼっていく。ほどなく、チェシャ猫館《ねこかん》が見えてきた。玄関《げんかん》の青い猫の絵。そう、いまいちばんの問題は、この絵の作者・村木青銅なのだ。

部室に入るやいなや、レイはかばんから手帳を取りだした。はさんだあの紙片《しへん》をピックアップし、机にひろげる。

暗号をながめる。

ラストの署名に、レイは注目した。

『××××年　記＝木村正道』

そう、これだわ！　どこかで目にしたはずの名前というのは、そのものずばり「村木青銅」ではなく、この「木村正道」だったのだ。レイは頭の中に図式を描《えが》いてみた。

木村→村木。

正道→せいどう→青銅。

つまり、「村木青銅」というのは、本名の「木村正道」をもじったペンネームだったのではないか。

これを例証するような事実がある。

ここに記された「××××年」は、いまから十三年前だ。で、村木青銅はいま三十歳《さい》と、洋平くんがそういっていた。つまり、この「××××年」は、青銅（正道？）が美術部にいた時代とぴたり重なるのだ。

ただ。レイはみけんにしわを寄せた。いまのはあくまで仮説にすぎない。もしかしたら本当に、村木青銅という生徒がいた可能性も否定できない。この場でそれを確認《かくにん》する方法はない……いや、ある！　同窓会名簿《めいぼ》を見れば、一目瞭然《いちもくりょうぜん》じゃないの！

レイはすぐさま行動を起こした。部室を出て廊下《ろうか》を走り、階段を駆《か》け上《あ》がる。三〇一号室――マジック研の戸をノックする。本棚《ほんだな》に、「天の川学園同窓会名簿」があったのをおぼえていたのだ。ノックにこたえる声はない。だれもきていないようだ。やむを得ない。レイは無断で中に入り、本棚から名簿を引《ひ》き抜《ぬ》いた。テーブルに置いて、ページをめくる。いま三十歳の卒業生ということは……ええと、四十三期生だ。レイは該当《がいとう》ページをひらき、名前をたどっていった。

木村正道、ある。

けれど、村木青銅の名前はない。念のために、その前後の期も当たってみたが、やっぱりない。名簿には現在の連絡先《れんらくさき》のほかに、在学当時の所属サークル名も載《の》っていた。それによると、木村正道は美術部に在籍《ざいせき》していたことになっている。そればかりではない。同じ期、および前後一年の期で、美術部に入っていた人物は、ほかにはだれもいなかった。

仮説は正解だったようだ。村木青銅はやはり、木村正道をもじったペンネームだったのだ！

3

部室に引き返す。

いくつかの事実が明らかになった。よし、ちょっと整理してみるか。レイの脳細胞《のうさいぼう》がフル回転をはじめる。

問題の紙片《しへん》を、レイはあらためてじっと見つめた。これを太陽の塔《とう》に隠《かく》したのは美術部員だったのではないか。レイはきのう、そう推理した。その人物こそ、木村正道＝村木青銅だったのだ。ここまでくればもう、そう断言していい。

そして。

その村木青銅＝木村正道が描《えが》く「三つ編みぴょこぴょこ」の少女たちと、失踪《しっそう》した三つ編みの少女たち。

どう関係があるのかはまだわからない。けれど、きっとなにかがある。レイの直感がそう告げ

コーン・フィールド

ていた。
そのためにも、ここは。
レイは紙を裏返した。なんどもなんども読み返した暗号文があらわれる。

捜《さが》し物《もの》は学校の中のどこにある？
木の葉を隠《かく》すなら森の中
言葉を隠すなら●の中
●を隠すなら■■■の中
作者はＷＨＯ？
注目は歪《ゆが》んだ７時５分前
×××年　記＝木村正道

まずはこの暗号を解読するのが先決なのではないか。正道＝青銅はいったい、この暗号でなにを告げようとしていたのか？
前半はすでにわかっている。図書室に行って本を探せ。そういっているのだ。問題は、その本がなにかを示しているらしい、ラスト二行の暗号だった。

やはりきのう、レイはある程度まで推理を進めていた。解読のカギは三つある。「歪《ゆが》んだ7時5分前」と「ダジャレ」と「美術部員」だ、と。この三つを結ぶなにかがある。それさえわかれば……。

よし、こういうときは連想ゲームだな。レイは頭を切りかえた。

美術部員が読みそうな本といったら、なに？

それはやっぱり、画集とか？

だとしたら、「作者はＷＨＯ？」の「ＷＨＯ」は、画家ということになるけれど……あるいは、それがなにかのダジャレになっているということは……えっ？

「おっ、レイもきてたのか。そりゃそうだよなあ。こんな早くから家帰ったってしょうがないもんな」

声とともに、そのとき、のぞみが部室に入ってきた。

のぞみさん！　レイははっとした。わたし、のぞみさんの口から、たしかに、その答えを聞いてる。あれは……そうだ、あのときだわ！　レイは嚙《か》みつくように質問していた。

「のぞみさん、あのとき、なんていいましたっけ！」

「な、な、なんだよ、やぶからぼうに」

のぞみは目を白黒させる。

「なんの話だよ、レイ。あのときって、いつだ？」

「ほら、あのときですよ、慎吾《しんご》くんの炸裂音符《さくれつおんぷ》に合うような歌詞の話になったときです。どんな歌詞にすればいいのかって」

「え？　だから、あれだろ、残酷童謡俳句《ざんこくどうようはいく》」

「じゃなくて、その前です。なにか思いついたけれど、それじゃもの足りないって」

「あ、ああ……そういやたしかに、そんなこといったっけな。えーと……そうそう、ダリの絵みたいにシュールな感じ、とかいわなかったか、あたし」

それだわ！　レイはひざをたたいた。

作者はＷＨＯ……作者はだれ……作者はダリ。脱力《だつりょく》しそうなダジャレだった。でも、きっと、それが正解だ。

ということは。つづく「歪《ゆが》んだ7時5分前」は、ダリのどの絵かを示しているのにちがいない。どの絵だろう……7時5分前……ん、それ、もしかして、時計のこと？　とたんに、レイのまぶたの裏にある絵柄《えがら》が浮《う》かんできた。時計……歪んだ時計……。

「お、いたのか、ふたりとも」

「ちわっス、のぞみ姉、レイさん」

今泉と慎吾がならんで入ってきた。ちょうどよかった。レイは今泉に向かって、

「今泉さん。ぐにゃぐにゃ歪《ゆが》んで木の枝に引っかかってる時計の絵、たしかありましたよね、ダリの絵で？」

「時計？　ダリの絵？　ああ、あるぞ。『記憶《きおく》の固執《こしつ》』という絵だ。サブタイトルに『柔《やわ》らかい時計あるいは流れ去る時間』、とついていたと思う。ダリの代表作といってもいい絵だな」

だしぬけに質問されて、あっさり回答できるところがすごい。しかも、そんな細かいところまで、よくもまあおぼえているものね。レイは感心するばかりだ。さすがは博覧強記な今泉さん。

「しかし、レイくん。それはどういう質問なんだ？　あの絵がどうかしたのか？」

答えたあとで、今泉は不思議そうに聞き返してきた。これがシャーロック・ホームズなら、なにかもったいぶった演出をするところだけれど、いまはそんな場合じゃない。机に置いたままの紙を指さして、レイはズバッといった。

「解けたんです、例の暗号が！」

4

天の川学園の図書室は高校校舎の地下にある。かなりの面積があり、蔵書の数もそこらの町の図書館を凌駕《りょうが》している。

図書室への階段を、レイたち四人はいましも下っていた。

あれから。

ダリの絵へと至った推理の筋道を、レイは順を追って説明した。村木青銅は、最後に署名のある木村正道のペンネームにちがいないこと。暗号文を太陽の塔《とう》に隠《かく》したのは、その木村正道らしいこと。連想ゲームの結果、ダリの絵がようやくでてきたこと。

それからもうひとつ。おさげ髪《がみ》＝三つ編みの件をレイは語った。行方《ゆくえ》不明になった三人の生徒は、全員、おさげ髪だったこと。そして村木青銅のイラストには「三つ編みぴょこぴょこ」の少女がひんぱんに登場すること。

「ただの偶然《ぐうぜん》なのかもしれないけれど、わたしにはどうも、そうは思えないんです。どう思いますか、今泉さん、のぞみさん、慎吾くん？」

三人とも、しばらくはただぼうぜんとしていた。ややあって、慎吾が口をひらいた。

「どう思うもこう思うもありませんよ。よく考えますね、そんなこと。レイさんの探偵《たんてい》能力は認めていましたけど、本気で脱帽《だつぼう》です。ぼくらとは頭の構造がはっきりちがうんじゃないですか」

「ああ、まったくだな」

のぞみも同調する。

「できたらレイの頭をのこぎりで切って、中の脳みそをのぞいてみたいくらいだぜ、あたし」

本当にやりそうでコワイ。

「レイくん」

今泉がマジメな顔で、レイを真正面から見すえた。

「そのおさげ髪《がみ》の一件、おれも気になるな。ほんとに関係あると思うのか？」

「ええ、わたしの直感では。それを解明するためにも、ここはこの暗号の指示どおりに行動すべきだと思うんです。ともかく、そのダリの絵を見てみないと。きっとなにか、ヒントがつかめるはずです。行きましょうよ、図書室に！」

「よし、了解《りょうかい》だ」

というわけで、四人はここまでやってきたのだった。

下校通達がでているせいだろう、図書室にはだれひとり、姿が見当たらない。

「ダリの画集を探せばいいんだな。こっちだ」

今泉の先導で、レイたちは美術コーナーに足を向けた。

あるある。ズラーッとならんだ画集。その中にまじって、こんな背文字が目にとまった。

『DALÍ』

本棚《ほんだな》から引き出して、閲覧《えつらん》コーナーの机の上に置く。四人で取り囲むようにして本をひらく。

画集には、ダリの作品が制作年順におさめられていた。問題の絵は、一九三一年のページにあった。タイトルは今泉がいったとおり、「記憶《きおく》の固執《こしつ》（《柔《やわ》らかい時計》あるいは《流れ去る時間》）」となっている。

絵には三つの「柔らかい時計」が描《えが》かれていた。そのうちのいちばん左、四角い箱の上でぐにゃりと歪《ゆが》んだ時計の針は、六時五十五分を指していた。なるほど、たしかに「歪んだ7時5分前」だ。

「あっ、だれだ、こんなことしたヤツは。ダメだろう、本に落書きしちゃあ」

今泉がとがった声をあげた。歪んだ時計の白い文字盤《もじばん》に、鉛筆《えんぴつ》で文字が書きこまれていたのだ。ちょうど短針の先あたりだ。

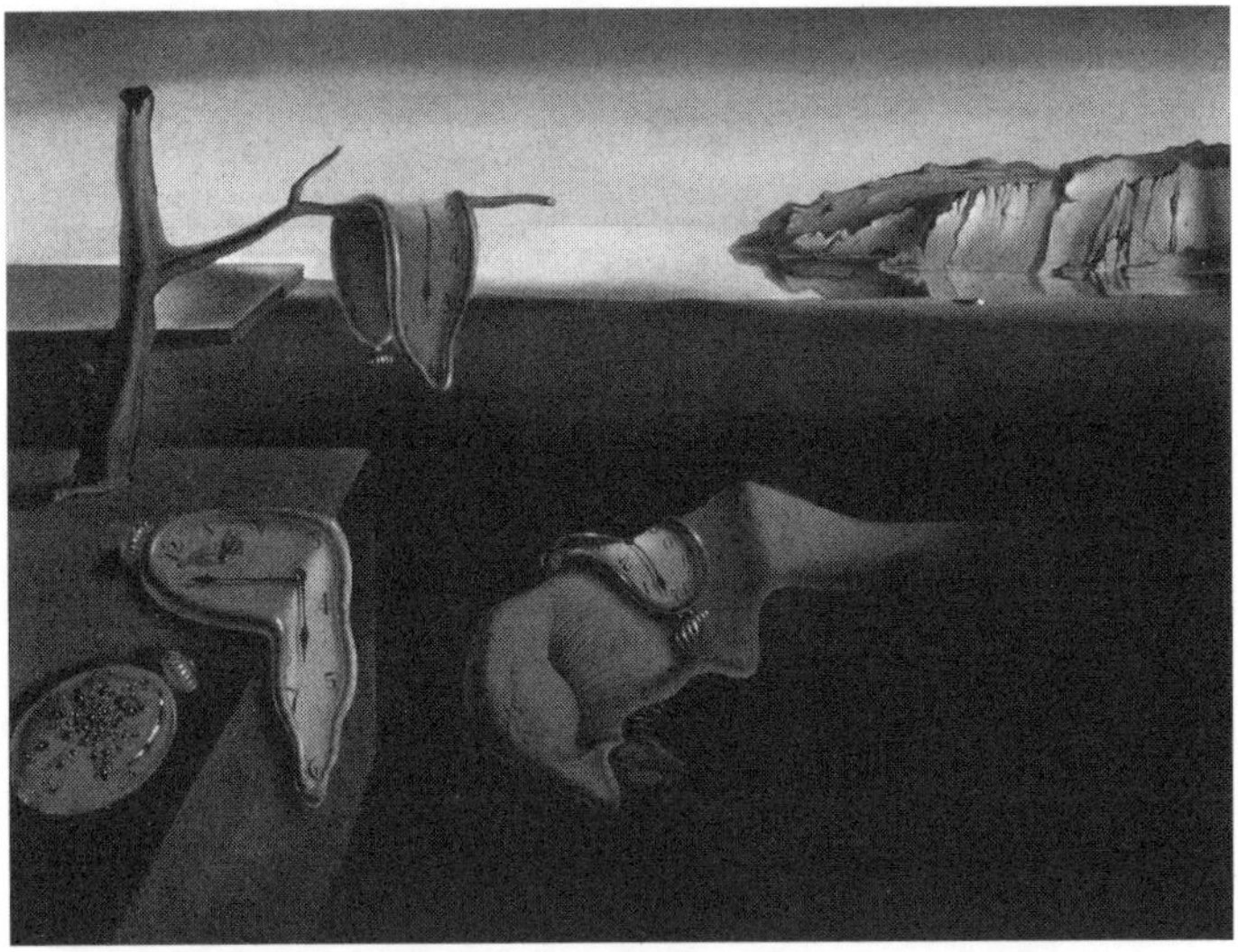

・ダリ／記憶の固執（《柔らかい時計》あるいは《流れ去る時間》）
（ニューヨーク近代美術館蔵）

『アーサー王』

点ぐらいの小さな文字だったが、たしかにそう読める。

「ったくなあ。公共の本をなんだと思ってるんだ。しかし、それはそれとして、なんか意味ありげじゃないか？」

「ほんとですね。なんだっていうのかな、いったい？」

のぞみと慎吾が首をひねる。とっさに思いついたことを、レイは口にした。

「短針の先……矢印の先よね。ということは、つぎはここへ行けと指示しているんじゃないのかしら。つまり、アーサー王のところへ行け、と」

「ははあ、なるほどな。けど、アーサー王ってなんだよ？」

「アーサー王も知らないのか、のぞみくん。イギリスの伝説の英雄《えいゆう》だよ。アーサー王関係の本は、数えきれないくらいでているんだぞ」

「あ、ってことは」

慎吾が今泉のことばを受けて、

「アーサー王関係の本を見ろ。これはそういう指示じゃないんですか？」

「いえてるな。よーし、じゃあ、つぎはイギリス文学のコーナーだ」

ダリの画集をもどし、四人は英文学の書架《しょか》に向かった。タイトルに「アーサー王」とつく本は十冊ほどある。

「で？　どれなんだよ、純さん？」

「わからん。手分けして見てみるか」

四人は思い思い、本を抜《ぬ》きだしてチェックをはじめる。レイが手にしたのは『アーサー王と円《えん》卓《たく》の騎士《きし》』だった。表紙をめくると中とびらがある。

「あっ、これだわ！」

レイは声をあげた。

「どれどれ？」

全員がのぞきこむ。中とびらにも、表紙と同じタイトルが印刷されていた。その「円卓《えんたく》の騎《き》士《し》」の「円」の字が、鉛筆《えんぴつ》のマルで囲まれていた。マルの下側には矢印が描《えが》かれている。その矢印の先に、やはり鉛筆の文字でこうあった。

『真言宗』

「へえ、こんどは仏教か。てことは、宗教のコーナーだな」

「行きましょう！」

慎吾の合図でぞろぞろと移動する。

宗教の書架《しょか》はかなり奥《おく》のほうにあった。真言宗、真言宗。レイは本棚《ほんだな》を目で追っていった。けれど、「真言宗」がタイトルに入っている本は見当たらない。

「ないなあ」

「ありませんね」

慎吾とのぞみが口々につぶやく。

「おかしいな、どうして……いや、待てよ」

今泉がパンと手を打った。

「真言宗といえば、空海《くうかい》だな。ここは空海を探すのが正解なんじゃないのか」

ああ、なるほど。レイはあらためて書架《しょか》に目を走らせた。「空海」ならば、何冊も目につく。全員でチェックをはじめてまもなく。

「おおっ、ビンゴだぜ！」

のぞみが手をあげた。持っている本は『空海の生涯《しょうがい》』だ。やはり中とびらに鉛筆《えんぴつ》の書きこみがある。「空」の字にマルがついていて、下から矢印が伸《の》びている。その先にあった文字は、こうだった。

『半七捕物帳《はんしちとりものちょう》』

となれば、当然、日本文学だ。このコーナーは、作者名の五十音順に本がならべられている。『半七捕物帳』の作者は……だれだったっけ？

「岡本綺堂《おかもときどう》だな」

レイの胸のうちを読み取ったかのように、今泉がいった。あ、そうか。なにからなにまで、本当によく知っているのね。

「えーと、部長。『半七捕物帳』は全六巻ありますよ。どれでしょうね」

いいながら、慎吾は一巻目を手に取って、表紙をめくり、

「あ、これだ！」

こんどは作者の「岡本綺堂」の「堂」にマルがついていた。例によって矢印があり、こう書きこまれている。

『レイモン・クノー』

聞いたことのない名前だった。人名のようだけれど、いったいだれなのかしら？　レイをはじめ、のぞみ、慎吾がいっせいに今泉を見た。「だれ？」と、全員が目で問いかける。

「うーん……」

今泉は眉《まゆ》のあいだにしわを寄せて、

「どこかで聞いた名前なんだが、えーと、えーと……むむむむ？？？」

さすがの今泉にもわからないらしい。

「知らないか、純さんも」

「わあ、こまったなあ」

のぞみと慎吾が困惑顔《こんわくがお》になる。でも、だいじょうぶ。ここは図書室だもの。レイは提案した。

「だったら、人名辞典を見てみましょうよ」

「あ、その手があったな」

今泉は救われたような顔つきになった。早速《さっそく》、辞典コーナーに行って、人名辞典をひもとく。

〈レイモン・クノー（一九〇三〜一九七六）フランスの作家、詩人。アンドレ・ブルトンらとともに、シュールレアリズム運動に参加。前衛的な作家として知られる。小説に『はまむぎ』『青い花』『イカロスの飛行』など。『地下鉄のザジ』は、ルイ・マル監督《かんとく》により映画化された〉

「そ、そうか、地下鉄のザジ！」

今泉が大声を張りあげた。ちょっぴり悔《くや》しそうな表情だ。

「あの映画なら知ってるぞ。そうだったのか、あれの原作者だったんだ。いやいや、おれもまだ未熟だなあ……」

そんなことはないと思う。まさか、人名辞典をまるまる一冊頭に詰《つ》めこまないと、気がすまないんじゃないのでしょうね。レイはふふっと笑って、

「ということは、つぎはフランス文学ね。たしかさっきの英文学のとなりじゃなかったかしら」

けれども、仏文学の書架《しょか》に、レイモン・クノーの本は一冊も置かれていなかった。

「おかしいな。そんなはずはない。なかったら、ここでジ・エンドになってしまうぞ」

と、今泉。レイの頭にふと、いやな予感が芽ばえた。もしかして、本の整理で処分されてしまった、なんていうことは？　だとしたら、本当に「ジ・エンド」じゃない……。

「ちょっと待った」

のぞみがべつの書架《しょか》を指さして、

「ここにないんなら、あっちの、世界文学全集のほうはどうなんだ、純さん」

「あ、そうか、あり得るかもな。よく気がついたな、のぞみくん」

「ほんとに。たまにはやるもんですね、のぞみ姉」

「こら、慎吾。たまには、は余計だろ。よーし、調べてみようぜ」

あった！

「新集・世界の文学」（中央公論社刊）の第43巻に、『聖グラングラン祭』といっしょに『地下鉄のザジ』が収録されていたのだ。いいだしっぺののぞみが手に取って、表紙をめくる。

いままでとはちがって、二文字がマルで囲まれていた。「地下」だ。そして矢印の先には、レイにはおなじみの名前が書き記されていたのだった。

『シャーロック・ホームズ』

5

文庫本コーナーの前に、レイたち四人は横並びした。ホームズの本はいろんな出版社から刊行されているが、この図書室にあるのは「ハヤカワ・ミステリ文庫版」と「創元推理文庫版」の二種類だ。それぞれ、各九冊ずつ。長編四冊と短編集が五冊ある。さて、どの本だろう?

ただ、レイは危惧《きぐ》していることがあった。ホームズものはなにしろ人気がある。もし貸し出しでもされていたらお手上げだ。

実際、そのとおりだった。どちらも歯抜《はぬ》け状態になっていて、ハヤカワ版は五冊、創元版は四冊しかなかった。ないものはどうしようもない。ともかくここは、あるものをチェックしてみよう。四人は手分けして作業を開始したが。

ない。

中とびらの文字にマルがついている本は一冊もなかった。すると、問題の本は貸し出されてしまっているのだろうか。四人は顔を見合わせた。

「くそっ、これでおしまいかよ」

「せっかくここまできたのになあ」

のぞみと今泉がぼやく。慎吾も悔《くや》しそうな顔つきだ。レイはもう一度、書架《しょか》に目をやった。

ハヤカワ版で残っているのは、『四つの署名』『恐怖《きょうふ》の谷』『バスカヴィル家の犬』『シャーロック・ホームズの冒険《ぼうけん》』『シャーロック・ホームズ最後の挨拶《あいさつ》』の五冊。いっぽうの創元版は『緋《ひ》色《いろ》の研究』『シャーロック・ホームズの冒険』『回想のシャーロック・ホームズ』『シャーロック・ホームズの事件簿《じけんぼ》』の四冊だ。ダブっているのは、短編集の『シャーロック・ホームズの冒険』だけだ。

短編集？

レイはふと気がついた。長編の場合、タイトルはひとつだけだ。けれど短編集はそうではない。ひとつひとつの短編にタイトルがついていて、それぞれに中とびらが設けられているケースもある。

よし、ものはためしだ。

レイはまず、創元版の『シャーロック・ホームズの冒険』をひらいてみた。最初の話は『ボヘミアの醜聞《しゅうぶん》』だ。しかし中とびらはなく、タイトルにつづいてすぐ文章がはじまっている。

では、ハヤカワ版はどうか……あった、中とびら！　そこに原題が横書きで、翻訳《ほんやく》タイトルが縦書きで印刷されている。

ハヤカワ版は『ボヘミア国王の醜聞《しゅうぶん》』と訳されていた。そしてその「国王」の二文字が、マルで囲まれていたのだった。だけではない。マルの中の「国」と「王」の文字のまわりに、アルファベットの「S」みたいなマークがさらについていた（国王）。

これはつまり、「国王」をひっくり返して、「王国」と読めということだ。

「おい、なにやってるんだよ、レイ。なんか見つけたのか？」

のぞみが近づいてきて、レイの肩《かた》をつつく。

「ええ。これを見てください」

そのことばで、今泉と慎吾も集まってきた。顔を寄せ合うようにして、文庫本をのぞきこむ。

「おおっ、あったな！」と、今泉。

「こんどはなんです、矢印の先の文字は？」と、慎吾。

ここまでと同様、二文字を囲むマルから矢印が伸《の》びている。その先に、こうあった。

『縄手《なわて》城《じょう》』

「なんだ、こりゃ？　こんな名前の城、聞いたことないぜ。どこにあるんだよ？」

「あのなあ、のぞみくん」

今泉がのぞみに白い目を向けて、

「つくづくものを知らないんだな。縄手城《なわてじょう》といえば、以前、この場所にあった城だろうが。天の川学園はその跡地《あとち》にできたんだぞ」

「そ、そうなのか。あたし、歴史は苦手なんだよ」

「というより、のぞみ姉に得意な科目なんてあるんですか?」

「なんだと！　どういう意味だ、慎吾！」

まぜっかえした慎吾に、のぞみがつかみかかる。今泉がうんざり顔で、

「わかったわかった。わかったから、もうやめてくれ。んなことより、先に進むぞ。縄手城の本は、たしか、天の川学園関連図書コーナーにあったはずだ。よし、あっちだ」

レイはもう一度、「縄手城」の文字を見つめた。これまでの五冊にあったものと、筆跡《ひっせき》がちがうような気がしたのだ。じっくりながめる……やっぱりちがう。ただし、まちがいなく目にしたことがある筆跡だ。これは、ええと……なんだ、あの暗号文じゃないの！

おんなじだ。

レイは暗号の紙を取りだし、「縄手城」の字とくらべてみた。

ということは、この字にかぎって、木村正道＝村木青銅が書きこんだものなのだ。

「どうした、レイくん。こないのか？」

今泉が足を止め、こっちをふり向く。

「あ、いま」

『シャーロック・ホームズの冒険《ぼうけん》』を書架《しょか》にもどすと、レイは今泉のあとをついていった。

6

天の川学園関連図書コーナーには、学園関係者が書いた書籍《しょせき》などが大量にならんでいる。その中にまじって、その大型本はあった。『縄手城《なわてじょう》の歴史』だ。

「これですよね？」

いいながら、慎吾が本を抜《ぬ》きだす。レイはうなずいて、

「まちがいないわね、これで。ほかに縄手城関係の本は見当たらないし」

「よーし。それじゃ調べてみようぜ」

のぞみの合図で、四人は顔を寄せてチェックを開始した。

まずは中とびら。

なにもない。活字はあるけれど、マルはついていない。

では、中のページなのか？

ページを繰《く》って、じっくり調べる。なにもない。最後のページまできても、書きこみはひとつも見当たらなかった。

「なんにもないな。おかしいじゃないか。それじゃなんのために、この本を指示したんだ？」

今泉が訝《いぶか》しげにつぶやく。

いや、なにもないということはないだろう。レイは内心でかぶりを振《ふ》った。必ずなにかがあるはず……おやっ、これは？

本の裏表紙の内側、表3の部分に、貸し出しカードをさしこむ袋《ふくろ》が貼《は》り付《つ》けられている。それが、妙《みょう》にふくらんでいたのだ。もしかして、この中に。レイは指でさぐってみて……あった！

折りたたんだ紙が、袋の中にはおさめられていたのだ。

「みんな、見てください、これ」

袋から取りだし、レイは全員の目の前でひろげてみせた。そこには、こんな文章がしたためられていたのだった。

覚書

われわれ三人は聖なる使命を帯びた。
このことは他言無用である。
われわれだけの秘密だ。
その日が訪《おとず》れるのはずっと先の話だ。
しかし、われわれは決して忘れない。
われわれに課された聖なる使命のことを。
いまわれわれは、ここに誓《ちか》う。
われわれは必ず聖なる使命を実行するであろう。
そしてわれわれは、ここに宣言する。
われわれは必ず勝利をおさめるであろう、と。

×××年四月二十日
王国にて記す
木村正道 
関　鉄平 

なに、これは?

レイは文面に目を走らせる。「聖なる使命」ということばが三度も繰《く》り返《かえ》されている。いったいなんのことかしら?　「王国」というのはどこのこと?

今泉ものぞみも慎吾も、文面を読み返しては、しきりに首をひねっている。

「なんですかね、のぞみ姉、これ?　わかります?」と、慎吾。

「あたしに聞くな。どう思うよ、純さん?」と、のぞみ。

「うーん。名前の下の拇印《ぼいん》だが、どうやら血で押《お》されているようだ。すると血判状だな、これは」と、今泉。

そうか、血判状。レイは拇印をしげしげと見る。ということは、この文面にはよほどの決意がこめられているのだろう。ただ、あまりにも抽象的《ちゅうしょうてき》で、なにをいっているのかは見当がつかない。

それでもただひとつ、わかったことがあった。最後にある三人の署名。そのうちのひとりは「木村正道」となっている。筆跡《ひっせき》も、あの暗号と同じものだし、日付の××××年も暗号といっしょだ。つまりこれも、木村正道＝村木青銅の手で、同じ時期に書かれたものなのだ。

「それで、どうするよ、レイ、このあとは？ このへんてこな文のほかにはなんにもなかったろ。てことは、本探しはこれでおしまいなのか？」

のぞみがレイを見る。レイはコクンと首を振《ふ》って、

「ではないかと思います。つぎの指示がない以上、もう先には進めませんからね」

縄手城《なわてじょう》の本を棚《たな》にもどすと、レイは提案した。

「ちょっと整理してみませんか、ここまでに手に入ったデータを」

「そうだな。じゃ、あそこで」

今泉の指図で、四人は閲覧室《えつらんしつ》のテーブルを囲んだ。レイは手帳をひらき、マルがついた文字を一覧表にした。

アーサー王と円卓《えんたく》の騎士《きし》から、「円」。

空海の生涯《しょうがい》から、「空」。

岡本綺堂から、「堂」。

地下鉄のザジから、「地下」。

ボヘミア国王の醜聞《しゅうぶん》から、国王をひっくり返して「王国」。

最後に見つけた紙をひらひらさせて、レイはいった。

「この血判状の文はべつとして、本のとびらにあった文字はこれで全部ね。さて、これをどうするのか。どうします、のぞみさん？」

「そりゃあ……やっぱり、全部つなげて読むんじゃないのか」

「ああ、だろうな」

「同感です」

今泉と慎吾も賛同する。

「では、順番につなげてみます」

レイはそのことばを手帳に大書きした。

円空堂地下王国。

おおっと、どよめき声が上がった。のぞみがテーブルに身を乗りだして、

「地下王国、ときたか。なんかゾクゾクするな。ジュール・ベルヌの小説みたいだぜ」

「というより、エドガー・ライス・バロウズのペルシダーシリーズですよ。あれ、ほんとに、地球内部に別世界がある話ですもん」

「ほほう、古木くん。あれを読んでいたのか。あのSFはそもそも、地球空洞説《くうどうせつ》に基《もと》づくもので

なあ。地球空洞説《くうどうせつ》というのは……」

このまま今泉さんにしゃべらせといたら、どんどん話が脱線《だっせん》していきそう。レイはストップをかけた。そんなことよりも。レイは重大な事実に思い当たった。地下王国って、それはつまり……。

「あの、ですね。その話はまたこんどにしません、今泉さん？」

「あ、ああ、そうだな、悪い悪い。つづけてくれないか、レイくん」

「はい。まず、この、円空堂ですけれど」

レイは手帳の文字をシャーペンの先で示して、

「これはあれのことですよね。卍沼《まんじぬま》のほとりにある、あの木のお堂。ということは、その円空堂の地下に王国がある、と、そういっているわけですね」

「待ってください、レイさん。本当にあるんですか、そんなものが？」

「この文を見るかぎり、そうとしか解釈《かいしゃく》できないわね。それともなにか、別解釈がある、慎吾くん？」

「いえ、それは……」

慎吾は口をとざす。こんどはのぞみが質問をぶつけてきた。

「じゃあ、ホントにあるとしてだな。その王国って、そもそも……ん、ちょっと待てよ。王国っていやあ」

レイが手にする紙に、のぞみは強い視線を当てた。口にしたとたんに気がついたらしい。そう、レイが思い当たった「重大な事実」とは、まさにそのことだった。

血判状に書かれた文面の終わりにでてくることば。「王国にて記す」。

それと「円空堂地下王国」。

このふたつの「王国」は当然、同一のものと考えるべきだろう。

「そうかそうか、そういうことか」

「つまり、この署名の三人は、出かけていったわけですね、その王国に」

今泉と慎吾も同じ結論にたどりついたようだ。

「そう、行ったのよ、三人は。ということは、地下王国は実在する。そしてその王国でなにかがあって、三人は『聖なる使命』とやらを帯びた。血判状の文面から類推すれば、そう考えるのが妥当《だとう》だわね。あ、ちょっと待ってよ！」

またまた思い当たることがあった。レイは天の川学園関連図書コーナーに引き返し、書架《しょか》から同窓会名簿《めいぼ》を引っぱりだして運んできた。

「こんどはなんだ、レイくん？」

「ええ、ちょっと」

説明するかわりに、レイは四十三期のページをひらいた。木村正道が在学していたことはすでに確認《かくにん》ずみだ。となれば、ほかのふたりも同じではないか。レイはそう考えたのだ。

当たりだった。

関鉄平。ある。所属サークルは冒険部《ぼうけんぶ》となっている。

金丸大造。ある。こちらは弁論部に在籍《ざいせき》していたようだ。

名簿《めいぼ》の三つの名前を、レイは全員に示して見せた。

「ははあ、同期生だったのか、この三人は」と、今泉。

「四十三期生か。大先輩《だいせんぱい》ですね」と、慎吾。

「この連中に、なにがあったんだろうなあ。地下王国で」と、のぞみ。

おやっ？　レイはふと目を見はった。金丸大造のひとつ前に、おなじみの名前があったからだ。

要俊樹。

要先生だった。そうか、そういえば、天の川学園出身だったたっけな、先生も。所属サークル欄《らん》は空白になっている。ふーん、どこにも加入してなかったのかしらね、クラブ……ええと、そんなこと、いまはどうでもよくって。

レイはゆっくりと立ちあがった。そうとわかった以上、ここでぐずぐずしてる手はないわよね。やるべきことはひとつだけじゃないの。

のぞみがきょとんとレイを見あげて、

「なんだ、レイ？　こんどはなにする気なんだよ？」

「行くんですよ、その王国に。王国でなにがあったんだろうって、のぞみさん、そういいましたよね。それを確かめに行くんです。それしかないと思いません？」

「あ、ああ、たしかにそうだ。そうとも、確かめなくちゃな。おもしろそうじゃんか。トーゼンあたしも行くぜ！」

のぞみが椅子《いす》を蹴《け》って立ちあがる。今泉と慎吾もあとにつづいた。

「うむ。ここはむろん、行ってみる一手だろうな」

「なんかワクワクしますね。なにがあるのかなあ。じゃ、行きましょう！」

「ちょっと待って、慎吾くん」

いいおいて、レイは図書カウンターに進んでいった。カウンター下の引き出しを探《さぐ》る。たぶんあるんじゃないかと思うけれど。

「こんどはなんだい、レイくん？」

「いえ、ちょっと探し物を……あっ、ありました」

引き出しからレイは二本の懐中電灯《かいちゅう》を取りだした。

「地下に行くというのなら、こういうものが必要だと思って」

「ははあ、さすがはレイ。用意周到《よういしゅうとう》だな。よーし、それじゃ、出発だ！」

のぞみが合図する。そうだわ、その前にもうひとつ。レイは血判状をコピーして、オリジナルをもとの本にもどした。これでＯＫね。では、いざ、地下王国へ！

四人は図書室を出て、地上への階段をのぼっていった。

高校校舎を出る。

小糠雨《こぬかあめ》はなお、しとしとと降りつづいている。四人は傘《かさ》をひろげて桜通りを進んでいった。途《と》中《ちゅう》で右折し、卍沼《まんじぬま》の方向に伸《の》びる砂利道《じゃりみち》に踏《ふ》みこんでいく。

それはそうと。

歩を進めながら、レイはいまさらのように思った。

「太陽の塔《とう》の暗号」で、図書室のダリの絵へと自分たちを導いたのは、村木青銅＝木村正道だった。そればかりか、彼《かれ》は仲間ふたりと、実際に王国に出向いている。わたしたち同様、本のとびらの文字をたどって、それを発見したのにまちがいあるまい。

では。

本に書きこみをして「円空堂地下王国」を彼らに、そしてわたしたちに示してみせたのは、いったいだれなのかしら？

わからない。

けれど。

ある予感が、レイの頭を走《はし》り抜《ぬ》ける。

その答えは、おのずと明らかになることだろう。問題の王国にたどりつきさえすれば。

7

地下鉄の駅を出ると、男は透明《とうめい》なビニール傘《がさ》を手に、雲取丘陵《くもとりきゅうりょう》の急坂を黙々《もくもく》とのぼっていった。ジーパンに黄色のトレーナー姿。靴《くつ》は黄色いスニーカーだ。

ふううっ。男は大きく息をはいて、かなりな勾配《こうばい》の坂を見あげる。

十数年前は、毎日のように往復していた道だった。周囲の風景も、それほど変わってはいない。

ただひとつだけ、相違点《そういてん》があった。

あの当時は、たいしてきつい坂とは思わなかった。けれど、いまは、けっこうこたえる。長年の運動不足がたたっているのだ。体重も、あのころより十キロ近く増えている。

息が切れる。

足が重い。

しかし、泣き言をいってはいられない。

けさの風浜《かぜはま》日報を見たとき、男は心底驚愕《きょうがく》した。

『名門天の川学園で連続失踪《しっそう》事件』と、見出しが躍《おど》っている！

その刹那《せつな》。

忘れ去っていた記憶《きおく》が、男の脳の海馬《かいば》にフラッシュバックした。

この事件は……ま、まさか！

まさか……まさか、あいつが!?

そんなバカな、とは思う。けれど、確かめに行かなくては。そうしなければ、どうしても気がすまない。

やがて。

男の目に、天の川学園の正門が映った。その前に、大勢がたむろしている。あれはきっと、マスコミにちがいない。まずいな。これでは正門からは入れない。

よし。

ここは迂回《うかい》するしかあるまい。

坂の途中《とちゅう》を右折すると、男は裏門を目指して、キャンパスをグルリとまわりこんでいった……。

その直後。

べつの男が地下鉄の駅を出て、急坂をのぼっていった。白いジャケットを着て、頭にはテンガロンハットをかぶっている。

坂をのぼりきった男は、ジーパンの男同様、正門手前で足を止めた。マスコミ陣《じん》を見て眉《まゆ》をひそめる。

そして。

テンガロン男もまた、右折して、キャンパスをまわりこんでいくのだった……。

8

チューリップが満開の花壇《かだん》わきを通りすぎる。レイたち四人はほどなく、キャンパス西側の雑木林帯にさしかかった。卍沼《まんじぬま》はもう少し先だ。

「なあ、純さん、知ってたら教えてくんないか。あの卍沼は、なんで卍沼って名前なんだ？」

「さあ。それはやっぱり、卍の形をしてるからなんじゃないのか」

「そうか？　そんな形には見えないけどなあ、あたしには」

「部長、のぞみ姉、ぼく、こんな話を小耳にはさんだことがありますよ。そのむかし、あの沼には魔力《まりょく》があって、満月の夜になると、人々は魔の力にあやつられるまま、沼のほとりに集まってきた。そしてまんじりともせずに、一晩を過ごすのが常だった。そのため、はじめのうちは『まんじり沼』と呼ばれていたのが、いつしか『卍沼』に変化した、って」

「まんじり沼？　それホントの話か、慎吾。なんかウソっぽいな」

「おれも初耳だ。勝手に話をつくってるんじゃないだろうな、古木くん」

今泉、のぞみ、慎吾はそんなことをしゃべっている。そのときだった。

「きゃあああ～～～っ!!」

雑木林のはるか向こう、卍沼《まんじぬま》の方角からかすかに、悲鳴みたいな声がした。四人ははっと足を止める。

「聞こえました、いまの？　空耳じゃないですよね？」

レイのことばに、三人がそれぞれ反応する。

「ああ、聞こえた」と、のぞみ。

「なんだろう？」と、慎吾。

「よし、急ぐぞ！」と、今泉。

四人は早足で雑木林に分け入った。下草を踏《ふ》みしだいて直進する。十分ほどで沼が視界に入ってきた。すぐに雑木林が途切《とぎ》れ、四人は卍沼のほとりに出た。雨を受け、水面《みなも》にはいくつも波紋《はもん》が生じている。

慎吾が周囲を見まわして、

「えーと……、べつになんともないみたいですね」

いや、なんともなくはない。沼のほとりにそびえる杉《すぎ》の大木に、レイは注目した。根元のあたりに、たたんだ赤い傘《かさ》が置いてある。だれかがあそこにいた証拠《しょうこ》だ。

「見てください、あれを」

レイは傘《かさ》を手で示した。その意味を、三人とも一瞬《いっしゅん》で了解《りょうかい》したようだ。のぞみ、今泉、慎吾が順番に発言する。

「じゃあ、さっき悲鳴あげたのは、あの傘の持ち主なのか？」

「ああ、そうなんじゃないのか」

「けど、姿が見えませんね。どこにいるんです？」

そう、それが問題なのだ。悲鳴が起きた以上は、なにかただならぬ事態が勃発《ぼっぱつ》したのだ。おまけに悲鳴の主の姿はどこにもない。ということは。

悪い予感がレイの頭をよぎる。もしやこれも、連続失踪《しっそう》事件の一環《いっかん》とか？　可能性はあり得るけれど……。

「レイくん。あれを見てくれ」

今泉がレイの注意を喚起《かんき》した。指さす先、二十メートルほど向こうに、木造のお堂が建っていた。

それほど大きな建物ではない。間口と奥行《おくゆ》きはともに三メートルぐらい。高さは二メートルちょっとだ。正面部分には観音《かんのん》びらきの木のとびらがある。

円空堂。

レイたちの目的の場所だ。

「お、あれだな。どうするよ、レイ？　当然調べてみるんだろ、円空堂を？　な？」

のぞみにせっつかれ、レイは即答《そくとう》した。

「ええ、もちろんです」

円空堂を調べる。そのためにここまでやってきたのだ。悲鳴の一件は気になるけれど、いまのところどうしようもない。だれも、なにも目撃《もくげき》していないのだから。ここはやはり、当初の目的を達成するほうが先決だろう。

いや、案外。

レイは直感的に思っていた。案外、どこかでつながっているんじゃないのかしら、あの円空堂とさっきの悲鳴も。なにも確証はないけれど、けっこう正しかったりするものね、直感って……。

「いよいよだな。なんかこう武者震《むしゃぶる》いするぜ。それじゃ、みんな、ＧＯ、ＧＯ！」

のぞみが元気よく腕《うで》を振《ふ》り上《あ》げ、振り下ろす。四人は円空堂に近づいていった。

観音《かんのん》とびらの正面に立つ。閉じたとびらの左右に木製の取っ手があった。

「ぼくが」

慎吾が両手で取っ手をつかみ、手前に引っぱった。とびらがあっさりひらく。四人は傘《かさ》をたたんで、お堂に踏《ふ》み入《い》った。ギシギシ、ギシギシ。木の床《ゆか》がきしむ。

中はガラーンとしていた。突《つ》き当《あ》たりの壁《かべ》ぎわに小さな木の台がある。祭壇《さいだん》だろうか。そのほかには、みごとになんにもなかった。

「なんだよ。ふん、ずいぶん殺風景だな」

のぞみが鼻を鳴らす。慎吾が内部をじろじろ眺《なが》めまわして、

「地下はどうなったんです？　階段とか、どこにもありませんね」

「おっ、あれを見ろ、円空仏だ」

今泉が「祭壇」に歩み寄った。その上に、三体の木彫《きぼ》りの仏像がならんでいる。高さはおよそ三十センチはあるだろう。どの仏像も、おだやかな笑《え》みを浮《う》かべているように見える。「歩く百科事典《エンサイクロペディア》」の今泉が、待ってましたとばかり解説をはじめた。

「江戸《えど》時代初期、円空は全国を旅してまわって、民家などに泊《と》めてもらってたんだが、その一宿一飯の恩義に仏像を彫って、置いていったんだよ。いまも各地に、五千体以上の円空仏が残っているそうだ。この三つもそうなんだろうな。もっとも円空仏にはニセモノも多いそうだから、これがホントに本物かどうかはわからないが」

いいながら、真ん中の一体を手に取ろうとして、今泉は「おや？」という顔つきになった。

「動かないぞ。どういうことだ？　台に固定されてるのか？」

どれどれ。レイも試《ため》してみる。たしかに動かない。台の下側から、クギかなにかで打ちつけてあるのだろうか。

あら？

レイは目を見ひらき、三体の円空仏をしげしげと観察した。

高さ三十センチほどの仏像は、どれも白っぽい木でできていた。顔つきはみな、よく似通っている。ただ、向かって左端《ひだりはし》の一体だけは、ほかのふたつと異なる点があった。顔の左側――こちらから見ると向かって右側の部分が、どことなく黒ずんでいたのだ。

どうしてかな？

レイは腕組《うでぐ》みし、あごの下に手を当てて考えこむ。あの位置が汚《よご》れるというのは、どういう理由が考えられるだろう。

ひとつ。あの部分をよくなでたりさすったりしたため……でも、なんのために？

ふたつ。あの部分によく右手をあてがって、力をこめて押《お》したため……でも、押してどうなるのか……ん、押す？

「どうかしましたか、レイさん、だまりこんじゃって？」

「なんかひらめいたのか、レイ？」

慎吾とのぞみが口々にたずねる。そう、ひらめいたことがあったのだ。これはもう、口でいうより試《ため》してみる一手だな。

「今泉さん、のぞみさん、慎吾くん。ちょっと見ててもらえます」

全員に呼びかけてから、レイはアクションを起こした。

左端《ひだりはし》の仏像の顔の横に右手を当てる。

押《お》す。

押すが……動かない……力をこめてさらに押す……やっぱり動かない……推理はまちがいだったのだろうか……もっと力をこめる……ぜんぜん動かない……カチッ！　……あらっ、なんの音かしら……つぎの瞬間《しゅんかん》だった。

動いた！

音がしたのと同時に、仏像が少しずつ少しずつ、左に移動していくのだった。まるで自分で歩いているかのように。胴体《どうたい》の下に隠《かく》れていた台の部分に、細い溝《みぞ》が刻まれているのがわかる。どういう仕組みなのかはわからないが、からくり仕掛《じか》けになっていたようだ。

そして。

仏像の動きに合わせて、祭壇《さいだん》そのものが、やはり左に向かって、ゆっくりとスライドを開始した。

「おおおっ！」と、全員が驚《おどろ》き声をあげる。

円空仏の移動が止まった。同時に、祭壇のスライドも停止する。

祭壇の下に、暗い穴がぽっかりと口をあけていた。人ひとりが通れるぐらいの穴の先には、地下へと伸《の》びていく土の階段が見える。

「あったあ！」

四人は歓声《かんせい》をあげていた。地下への階段。これが「地下王国」への入り口でなくてなんだろう！

「こんな仕掛《しか》けになっていたとはなあ。よく見やぶったな、レイくん」

思いっきり感心顔の今泉につづいて、のぞみがレイの背中をどついた。

「さすがじゃんか、レイ！　すげえ！　慎吾じゃないが、あたしも本気で脱帽《だつぼう》だぜ！」

「もうなにがあっても驚かないつもりでいましたけどね。でも、やっぱりオドロキですよ、レイさんの推理力にはね」

大讃辞《だいさんじ》を浴びて頬《ほお》を紅潮させるいっぽうで、レイは不安な気持ちにもとらわれていた。

問題の「地下王国」へとつづくらしい、この隠《かく》された階段。

この下では、いったいなにが、わたしたちを待ち受けているのかしら？

9

先頭に慎吾、つづいてのぞみとレイ、しんがりが今泉。その順番で、四人は階段を下っていった。

長い階段だった。シャーロック・ホームズにならい、レイは段数を数えていく。いま、五十段……六十段……七十段。七十五段目で、足の下の感触《かんしょく》が変わった。底に到着《とうちゃく》したようだ。

穴から差しこむ光で、あたりは薄明《うすあか》るい。慎吾が注意をうながした。

「見てください。ここに、こんなのがありますよ」

下りきった階段横に、上のお堂にあったのと同じような「祭壇《さいだん》」があった。その上にはやはり円空仏が三体あり、いちばん左の仏像が左方向に移動していた。

ふうん。つまりこの円空仏は、上のやつと連動しているってことかな。せっかくだから、ちょっと試《ため》してみるか。

レイは仏像の、こんどは顔の左に手を当てた。押《お》す。さっきのような力は不要だった。軽く一押ししただけで、仏像は右に移動をはじめる。それと同時に、上の穴がじょじょに閉じていくのだった。動くのは上の祭壇《さいだん》だけで、こっちのほうは微動《びどう》だにしない。

「はっはあ、うまくできてるもんだ。どういうからくりなのか、メカニズムをきちんと解明してみたいもんだな」

と、今泉。レイとしても興味はあるところだけれど、いまはとてもそんな時間はない。

穴はすっかり閉じ、あたり一帯を暗闇《くらやみ》が支配する。レイは懐中《かいちゅう》電灯をともし、先頭の慎吾に手渡《てわた》した。もう一本は、しんがりの今泉の分だ。

「行きましょうか。先導役たのんだわよ、慎吾くん。注意してね」

「了解《りょうかい》です、レイさん。まかせてくださいよ」

通路は一メートルほどしか幅《はば》がない。四人は一列縦隊になって出発した。両側は荒《あら》い岩肌《いわはだ》がむきだしになっている。

「天井《てんじょう》が低くなってきました。前かがみにならないと、頭ぶつけますよ。気をつけてください」

慎吾が全員に呼びかけてきた。たしかに低くなっている。階段の降り口では余裕《よゆう》があったのだが、このあたりでは高さ一・五メートルぐらいだ。

前かがみで先を急ぐ。歩きながら、のぞみがだれにいうともなく、

「それにしても、だれがこしらえたんだろな、こんな通路?」

「もしかして、戦時中の防空壕《ぼうくうごう》とかじゃないですか、のぞみ姉」

「いや、古木くん、そうではないだろう。防空壕にしてはスケールが大きすぎる。おれはこう思うんだがな」

最後尾《さいこうび》から、今泉が講釈《こうしゃく》をたれる。

「ここが縄手城《なわてじょう》の跡地《あとち》とは、図書室で説明したとおりだ。ほら、城なんかにはよく、有事の場合を想定して、秘密の抜《ぬ》け道《みち》がつくられているだろう。この通路も、縄手城の秘密の抜け道だったんじゃないのか」

なるほど、納得《なっとく》できる話だ。秘密の抜け道。懐中《かいちゅう》電灯の光が切《き》り裂《さ》く闇《やみ》の先に、レイは視線を投げかけた。そうだったとして、いったいどこまで伸《の》びているのだろうか、この通路は?

それから十五分は歩いただろう。

気のせいか、闇がいっそう濃《こ》くなってきたような感じがする。温度も、鳥肌《とりはだ》が立つくらいに下がっている。天井《てんじょう》はますます低くなってきて、圧迫感《あっぱくかん》がある。

暗い。

寒い。

息苦しい。

不安をおぼえつつも、レイたちは黙々《もくもく》と前進をつづけるばかりだ。それからしばらくして。

「あっ！」

叫《さけ》んで、慎吾が立ち止まった。

「道が枝分かれしてます」

本当だった。前方で、通路が右と左にふたつに分岐《ぶんき》している。さて、困った。どっちに行けばいいのか、判断材料はなにもない。レイは思案にくれる。そのとき。

「みんな、見てください。ここに、こんなのがありますよ！」

そういって、慎吾が懐中《かいちゅう》電灯で右側の道の岩壁《がんぺき》を照らした。光の輪のなかに、白いチョークで書きつけられた「→」マークが浮《う》かびあがった。

「お、よく見つけたな、慎吾。当然、こっちに行けってことだろうな」

「待て待て、のぞみくん。結論はまだ早い。ワナってこともあり得るぞ」

今泉が意見を述べる。かもしれないけれど、と、レイは思った。でも、それをいったらおしまいだ。慎重《しんちょう》を期するのはいいけれども、どっちにも進めなくなってしまう。レイは発言した。

「行ってみましょうよ、今泉さん。もし危なそうだったら、引き返してくればいいんだし」

「し、しかし、手遅《ておく》れになったらどうする？」

「どうしたんだよ、純さんらしくもない。やけに慎重だな。ひょっとして、コワいのか？」

「な、なにをいうんだ、そんなわけないだろう」

のぞみのことばに、今泉は気色《けしき》ばんで、

「誤誘導《ごゆうどう》というのは、よくある手だと、そういいたかっただけだ。しかしまあ、レイくんがいうこともっともだな。よし、行ってみるか」

四人は右の道に進路をとった。

もしかして。

内心、レイはクスッと笑った。もしかして今泉さん、ほんとにコワかったのかもね。暗闇《くらやみ》は、人を臆病《おくびょう》にさせる。もしひとりきりだったら、わたしだって、コワくてたまらなかったと思うな……。

案じるまでもなかった。右の道に踏《ふ》みこんだ四人は、なんのトラブルもないまま、つぎの分岐《ぶんき》点《てん》にさしかかっていた。こんどは左側の道の壁《かべ》に、白い矢印が描《えが》かれている。

「こっちでいいですね?」

返事も待たず、慎吾は左に進路をとった。みんな無言であとにつづく。

それから一時間足らずのうちに、五~六か所の分岐点《ぶんきてん》に行き当たった。そのうちの何か所かは、「→」マークの上にバッテンがつけられ、そっちとは反対の道に矢印が描かれていた。

ということは。レイは推察した。この「→」マークは、前にここを通過した人物が、試行錯誤《しこうさくご》して道をたどりながら、書きつけていったものなのだ。誤った道を選んでしまった場合には、分岐点までいったん引き返してきて、「×」をつけていったのだろう。そうとしか考えられない。

だれが?

答えは決まっている。

血判状に署名のあったあの三人、「木村正道・関鉄平・金丸大造」だ。

この秘密の通路を通って、三人は王国に到達《とうたつ》したのだ。そして。『覚書』のあの文面を、レイは思い起こす。


われわれ三人は聖なる使命を帯びた。

このことは他言無用である。
われわれだけの秘密だ。
その日が訪《おとず》れるのはずっと先の話だ。
しかし、われわれは決して忘れない。
われわれに課された聖なる使命のことを。
いまわれわれは、ここに誓《ちか》う。
われわれは必ず聖なる使命を実行するであろう。
そしてわれわれは、ここに宣言する。
われわれは必ず勝利をおさめるであろう、と。
×××年四月二十日
王国にて記す
木村正道 
関　鉄平 
金丸大造 

たどりついた王国で、なにかがあった。そしてそのために、三人は「聖なる使命」とやらを帯びたのだとは、さっき、図書室で推理したとおりだ。

それがどういう意味なのかは、きっと、もうじき、明らかになることだろう……。

さらに進むにつれて、通路の天井《てんじょう》が次第《しだい》に高くなってきた。もう前かがみになる必要はない。四人は背筋をしゃんと伸《の》ばす。

ほどなく。

道は左に急角度で折れ曲がっていた。慎吾がまっ先に角を曲がって……。

「ああっ！」

またまた叫《さけ》ぶ。

「こんどはなんだよ、おおおっ！」

のぞみも、大声を張りあげる。あとにつづいたレイも今泉も見た。通路全体をふさいで立ちふさがる石の大とびらを。

「ふむ。この向こうというわけか、問題の王国は」と、今泉。

「ああ、そうらしいな。いよいよ大詰《おおづ》めか」と、のぞみ。

「取っ手、ですよね、あれ」

とびらの左側にぶらさがる鉄の輪っかを、慎吾が指さした。

「ぼくがあけていいですか？」

「待て待て、古木くん。おれにも手伝わせろ」

今泉が前に出ていった。ふたりは輪っかに手をかけると、「いち、にの、さん！」でこっちに引っぱった。

ゴゴ、ゴゴゴ。

重たい音を立てて、石のとびらがひらいていく。遮断《しゃだん》されていた通路が開通した。四人はものもいわず、つぎつぎとくぐりぬけていく。

そして。

レイたちはみな、あっと息をのんだ。なんとも形容しがたい凄絶《せいぜつ》な光景が、目の前にはひろがっていたのだ！

10

とびらの向こうに、ガラーンとだだっぴろい部屋があった。広さは部室ふたつぶん……いや、もっと広いかもしれない。ほぼ正方形で、窓はまったく見当たらない。地下なのだから当然だろう。にもかかわらず、真昼のように明るいのには理由があった。

部屋をグルリと囲む壁《かべ》は、漆喰《しっくい》で塗《ぬ》り固《かた》められていた。その壁にいくつものニッチ（壁龕《へきがん》）がうがたれ、中でランプが輝《かがや》いていたからだ。

突《つ》き当《あ》たりの壁の上のほうに、ぐにゃぐにゃと歪《ゆが》んだ巨大《きょだい》文字が躍《おど》っていた。複数の色で描《えが》かれたその文字は、こんなふうに読めた。

『無空間王国』

王国というのは、これに由来するのにちがいなかった。それにしても、無空間王国とは。異様なことばだった。空間が無い。意味がよくわからない。

異様なのはそれだけではなかった。正方形の部屋の壁じゅうに、極彩色《ごくさいしき》の絵がびっしり貼《は》りめぐらされていたのだった。

その絵！

あまり上手な絵ではなかった。というよりもむしろ、稚拙《ちせつ》というべきだろう。ただ、描かれた内容が、どれもこれも凄《すさ》まじいものだったのだ。

どの絵の中にも、複数の少女たちがいた。服装はロングドレスだったり、短パンに半袖《はんそで》シャツだったり、ジーンズだったり、ときには着物姿だったりする。なかには鎧《よろい》を着こんでいる絵もある。ただ、どんな服装の場合でも、共通している点がひとつあった。

髪形《かみがた》だ。

どの少女の頭からも、二本のおさげ髪が垂れ下がっているのだった。

おさげ髪!

レイの胸がさわいだ。行方《ゆくえ》不明になった少女はみんな、おさげ髪だった。そしてこの壁《かべ》の絵に描《えが》かれたおさげ髪の少女たち。偶然《ぐうぜん》ということはよもやあるまい。「連続失踪《しっそう》事件」とこの「無空間王国」とは、なにか関係があるのだ!

いったい、どんな関係が?

それと、もうひとつ。例の三人の少年たちの「聖なる使命」とやらと、この「無空間王国」とは、どこでどうつながっているのか?

もしかしたら。

壁の大量の絵に、レイは視線を引きもどした。もしかしたらこの絵にこそ、なにかヒントが隠《かく》されているのかもしれない。レイはあらためて、絵をじーっと見つめる。

おさげ髪の少女たちは全員、手になにかを握《にぎ》っていた。

刀、槍《やり》、弓、鉄砲《てっぽう》、など。

つまり、武器だ！

さまざまな武器を持って、少女たちは敵と戦っているのだった。

敵とはだれか？

怪物《かいぶつ》だった。上空から、いくつもの星が降りそそいできていた。その星のひとつひとつに、ゼリー状のものやら、魚みたいなものやら、トカゲみたいなものやら、昆虫《こんちゅう》みたいなものやら、ロボットみたいなものやら、ありとあらゆる形状の怪物どもがひしめき合っていた。

指先からビームを発射したり、長く伸《の》びる舌を首に巻きつけたり、首だけが宙を飛んできて腕《うで》に噛《か》みついたり、怪物どもは思い思いのやりかたで少女たちを攻撃《こうげき》してくる。

いっぽうの少女たちは、果敢《かかん》に武器をふるって防戦につとめているのだった。

「こいつは驚《おどろ》いた」

その場に立ちつくし、今泉がぼうぜんとつぶやく。

「まるで、ヘンリー・ダーガーだ……」

「え、だれですって？」

レイの質問に、今泉がここぞと説明をはじめる。

「ヘンリー・ダーガーというのは、アメリカのシカゴで暮らしていた人物だ。病院の清掃員《せいそういん》として働き、生涯《しょうがい》一人暮らしを貫《つらぬ》いたのだがな。それが一九七三年、八十一歳《さい》で死んだあと、住んでいたアパートからとんでもないものが発見されたのだ……」

それは大長編小説だった。

「非現実の王国で」と題されたその物語は、なんと、一万五千ページにもおよんでいた。「ヴィヴィアン・ガールズ」という七人の少女姉妹が、残虐《ざんぎゃく》な「グランデリニア軍」を相手に、えんえんとバトルを繰《く》り返《かえ》す物語で、しかも、ダーガー自身の手になる数百枚の挿絵《さしえ》がついていたのだった。

「ここにある絵は、その『非現実の王国で』を彷彿《ほうふつ》とさせる。どっちも少女戦士の姿が描《えが》かれているしな。待てよ、そういや、無空間王国というネーミングもよく似てるじゃないか。こりゃあまさに、日本のヘンリー・ダーガーだぞ！」

今泉はひとりで興奮している。

数百枚の挿絵がついた、一万五千ページの小説。とほうもない話に、レイはぼうぜんとする。執筆《しっぴつ》にはいったい、どれだけの時間とエネルギーを要したのだろうか……あ、でも、そんなこと考えてる場合じゃなかったな、いまは。

「きてください、レイさん！」

「純さん、ちょっと！」

慎吾とのぞみの呼び声がした。いつのまにかふたりは部屋の中央、デンと置かれた大テーブルのところにいた。テーブル上には、無数の紙が散乱している。その紙を指さしつつ、ふたりはレイと今泉を手招きしているのだった。

なにか発見したのだろうか？

「今泉さん、あっちへ」

壁《かべ》の絵に見とれる今泉の腕《うで》を引っぱって、レイはテーブルに近づいていった。

散乱する紙にはどれも、サイズいっぱいに大きな円が描《えが》かれていた。そのやや内側に、同心円がある。それが十二に区切られ、それぞれの枠《わく》の中に「♈」とか「♉」とか、さまざまなマークが描《か》きこまれている。

この図はたしかに、どこかで見たおぼえがあった。レイは記憶《きおく》をたどる。

そうだ、ホロスコープ！

ミステリー『小惑星《しょうわくせい》の力学』で入念に説明されていたホロスコープ——天宮図が、レイの頭によみがえってきた。枠の中にある十二のマークは、星座をあらわす記号なのだ。

♈	♉	♊	♋	♌	♍
牡羊座《おひつじざ》	牡牛座《おうしざ》	双子座《ふたござ》	蟹座《かにざ》	獅子座《ししざ》	乙女座《おとめざ》
♎	♏	♐	♑	♒	♓
天秤座《てんびんざ》	蠍座《さそりざ》	射手座《いてざ》	山羊座《やぎざ》	水瓶座《みずがめざ》	魚座
☉	☽	☿	♀	♂	
太陽	月	水星	金星	火星	
♃	♄	♅	♆	♇	
木星	土星	天王星	海王星	冥王星《めいおうせい》	

記号はそれだけではなかった。円のもっと内側にも、ちがうマークが書きこまれている。「♂」とか「♀」とか。そうそう、これは惑星《わくせい》を意味する記号だった。

ホロスコープは日にちと時刻でまったく様相が異なってくる。その日、その時刻の惑星の位置を図に書きこみ、その配置が意味する事象を分析《ぶんせき》することで、占星術師《せんせいじゅつし》は運勢を占《うらな》うのだ。

テーブルの上には、さまざまな配置のホロスコープがあった。一枚一枚に、惑星が図の状態でならぶ日時が示されている。

その中に、ひときわ大きな図面があった。ほかの図とはちがって、円は黒ではなく、真っ赤な線で描《えが》かれている。星座と惑星のマークもやはり、血のように真っ赤だ。

レイはその天宮図をじっくりとながめた。牡牛座《おうしざ》の枠《わく》の中に、六つの惑星《わくせい》がゴチャゴチャと集合している。ほかの四つの惑星も、すぐとなりの双子座《ふたござ》の中にある。

これは！

あの『小惑星の力学』にも、似たようなホロスコープがでていた。

そう、惑星直列だ！

直列といっても、文字どおり一直線にならぶわけではない。数十度の角度の中に、こんなふうに惑星が集まることをいうのだ。それでもこんな配置になるのは、希有《けう》な現象だ。惑星直列の影響《えいきょう》で地球には多大な厄災《やくさい》が起きると、占星術《せんせいじゅつ》ではいわれている。あの本にはそう説明されていた。そしてその厄災を防ぐためにこそ、事件は起きたのだ、と。

むろんそれはフェイク（ごまかし）で、作者はそんなことを信じていたわけではない。そこに事件の動機があると見せかけて、読者を混乱させる。それこそが作者の狙《ねら》いだったのだ。

いっぽう。

テーブルのホロスコープを作製した人物は、惑星直列の脅威《きょうい》を本気で信じているらしかった。

「そいつの裏を見てくれ、レイ」

いいながら、のぞみが天宮図をひっくり返した。なにか文が書きつけられている。

「なんか知らないが、アホンダラなことが書いてあるんだよ。あたしも慎吾もあきれかえっちまったぜ」

どれどれ。レイは文面に目を走らせる。

△△△△年五月十日に、ホロスコープどおりの惑星直列《わくせい》が起きる。そのとき地球には、宇宙から無数の敵が舞《ま》いおりてくる。「ゴグ・マゴグ」と呼ばれる魔物《まもの》どもだ。地球は滅亡《めつぼう》の運命にさらされるだろう。
これを阻止《そし》する方法はひとつしかない。その日までに、七人の三つ編みの少女戦士「レインボーセブン」を召集《しょうしゅう》せよ。そして地球を救済せよ。心せよ。その日は遠くて近い。
流川幻水《ながれかわげんすい》　ここに記す

ふうん。ということは、よ。

レイはあらためて、壁《かべ》じゅうの絵をながめまわした。するとこの絵は、地球に舞いおりてきたその魔物どもと、三つ編み少女戦士たちの戦いの想像画なのだろう。

慎吾があきれ顔をつくって、

「ったく、なにいってんのかなあ、この人。正気なんですかね。どう思います、のぞみ姉？」

「そりゃあもう、あさってのほうにぶっ飛んじまってるんじゃないのか、頭」

「ああ、そのとおりだな。だいたいなんで、ここでゴグとマゴグがでてくるんだ。新約聖書かよ。バカいってるんじゃないぞ」

今泉が吐《は》き捨《す》てる。慎吾がききとがめて、

「新約聖書？　どういうことですか、部長？」

「ふむ。新約聖書のヨハネの黙示録《もくしろく》に、この名前がでてくるんだよ。なんでもサタンにしたがう軍勢なんだそうだがな。要するにただの借り物で、この流川幻水って奴《やつ》にはなんの独創性もないってことだ。おまけになんだって、レインボーセブンだ？　ふん、子ども向けのスーパーヒーローものじゃあるまいし。笑わすんじゃないぞ。ひょっとして七人の少女戦士って発想も、ヘンリー・ダーガーからの借り物なんじゃないのか」

「へ？　なんだよ、純さん、そのヘンリーなんとかって」

さっきの話をきいていなかったのぞみがたずねる。今泉がまた説明をはじめる。

レイは腕組《うでぐ》みして考えこんでいた。この文。こんなものを読んで、真に受けるものはいないと思う。と思うが……もし、いたとしたら？　最初にある年月日の記述に、レイの目が吸いよせられた。
△△△△年五月十日。
まさに今年だ。しかも五月十日はすぐそこにせまっている。

もし、これを真に受けて、本当に実行に移しただれかがいたとしたら？

だとしたら、今回の連続失踪《しっそう》事件はいちおう説明がつく。行方《ゆくえ》不明になったおさげ髪《がみ》の少女たち。それはそのだれかが、さらっていったのだ。三つ編みの少女戦士「レインボーセブン」のメンバーとするために。バカバカしすぎる話だけれど、それが真相だったのではないか。

では、その「だれか」とは、いったいだれなのか？

レイの頭に、ある名前が浮《う》かびあがってきた。この地下王国――「無空間王国」を発見した人物……そして「聖なる使命」を帯びた人物……つまり！

時間にすれば一分足らずだったろう。これだけの推理が、レイの脳細胞《のうさいぼう》のあいだを光速で走《はし》り抜《ぬ》けていったのだ。

つまり、この事件の犯人は！

11

そのときだった。

「いや〜〜っ！　やめて〜〜〜っ!!」

部屋じゅうに悲鳴が響《ひび》きわたった。

レイたちははっと顔をあげて、あたりを見まわす。すぐ近くみたいだったけれど、いったいどこ？

「だれか、助けて〜〜〜っ！」

もう一度悲鳴がした。

四人は正面の壁《かべ》にいっせいに目を向けた。まちがいない、あの向こうからだ！

壁に駆《か》け寄《よ》る。

あの歪《ゆが》んだ「無空間王国」の文字の真下に、細い切れ目がタテに入っていた。きっとここに隠《かく》し戸《ど》があるのだ。切れ目の横に手を当てて、レイは力いっぱい押《お》す。

グルリ。

壁《かべ》が回転した。

その向こうに、同じぐらいの広さの部屋があった。四人は一気に突入《とつにゅう》する。

あっ！

レイはじめ、今泉ものぞみも慎吾も、大きく目を見ひらいた。部屋の奥《おく》のほうに、木造の格子《こうし》の牢《ろう》があった。見ればその床《ゆか》に、三人のおさげ髪《がみ》の少女が倒《たお》れこんでいる。

そしてもうひとり。

やはりおさげ髪の少女が、いましも、ひらいた格子戸から牢に押《お》しこまれようとしていた。

「やめて〜〜っ！」

少女は必死に抵抗《ていこう》している。

押しこもうとしているのは、フードつきの真っ黒いウインドブレーカーをまとった人物だった。入ってきた四人には、まだ気づいていないようだ。レイとのぞみが同時に叫《さけ》んだ。

「やめなさい！」

「おい、やめろ！」

その声でこっちをふり返った顔。ヌメヌメと黒光りするその顔には、ふたつの目玉があるだけで鼻も口もなかった。

「な、なんだ、あいつは……」

「もしや、魔物《まもの》……」

今泉と慎吾が引き気味になる。

ちがう。魔物などいるわけがない。あれは、ゴムのマスクをつけているだけだ。レイはたたみかけた。

「その子を放しなさい！」

ゴムマスクはひるんだ様子だった。そのすきに少女が黒い手をすりぬけ、こっちに駆《か》け寄《よ》ってきた。のぞみに抱《だ》きつく。

「よしよし、もうだいじょうぶだぜ」

のぞみが少女の背中をそっとなでる。

ゴムマスクの胸をまっすぐ指さし、レイは、ついさっき頭に浮《う》かんだ名前を口にした。

「木村正道さんでしょう、あなた」

「いいや、それはちがうな」

そのとき、うしろから声がした。レイたちははっとふり向く。ひらいた壁《かべ》をくぐりぬけ、ひとりの男が入ってきた。ジーパンに黄色のトレーナー姿だ。

「なぜなら、木村正道は、このおれだからだ」

なんですって！　レイは愕然《がくぜん》とする。今泉たちはわけのわからない顔で、男をただ見つめているばかりだ。

木村正道と名乗った男は、ゴムマスクのもとに歩み寄り、静かに語りかけた。

「大造だな、おまえ。そうだろう」

大造。

あの覚書にあったべつの名前――金丸大造にちがいあるまい。すると彼《かれ》こそが、この連続失踪《しっそう》事件の犯人だったのか？

「金丸大造って……ん、ちょっと待てよ……ああ、そうかそうか、県会議員か。さっき名簿《めいぼ》見たときは気づかなかったが、そういや、うちの卒業生とかいっていたっけな」

今泉がつぶやく。

県会議員？　レイはじめ、のぞみも慎吾もきょとんとする。今泉が早口で説明した。

金丸大造は四年前の統一地方選挙に立候補し、最年少の二十六歳《さい》で当選したという。しかしつい一年ほど前、ある問題をめぐって議会が県知事と衝突《しょうとつ》。結果、知事は議会を解散し、再選挙がおこなわれた。金丸大造も再び立候補するも、こんどはあえなく落選してしまったのだという。

「なんとかいえよ、大造」

正道がことばをつづける。

「最年少当選したあとはずっと、注目を浴びつづけてきたおまえだもんな。選挙に落ちてショックだったのはよくわかるよ。いってみりゃあ、天国から地獄《じごく》へまっさかさまだもんなあ。ひょっとしておまえ、それで、この事件を起こしたんじゃないのか？　自分が誘拐《ゆうかい》してここに閉じこめた女の子を、自分が発見して救い出したように見せかける。そうすりゃ、また注目されると思ったんだろう？　ちがうのか？　どうなんだよ、大造？」

「ぜんぜんちがうぜ、正道。そいつは大造じゃない」

またまた声がした。壁《かべ》の向こうから、べつの男が部屋に入ってきた。白いジャケットに、テンガロンハットをかぶっている。正道が目をまるくして、

「あ……鉄平か！」

鉄平。とくれば、三人のうちの残るひとり、関鉄平に決まっている。事態の急展開に、レイたちはあっけにとられたまま、なりゆきをただ見まもるばかりだ。

「ひさしぶりだな、正道」

鉄平は敬礼するような仕草をして、

「ここにいるわけがないんだよ、大造のやつが。あいつ、落選してからはずっと、ヤケ酒ばっかあおっててな。とうとうアルコール依存症《いぞんしょう》になっちまったんだ。で、三か月前から、釘浜《くぎはま》のそれ専門の病院に入院してるんだよ。まだ当分は退院できそうもないって話だ」

「……そうだったのか、知らなかった。おれはてっきり、大造だとばかり。それじゃ、こいつはだれなんだ？　鉄平、おまえ、知ってるのか？」

「ああ、たぶんな。じつはおれ、つい、しゃべっちまったんだよ、この地下王国のことを。わりと仲良かったクラスメイトにさ。たしか、卒業する少し前だったから、十二年前か」

「本当か！」

「ああ。興味津々《きょうみしんしん》で聞いてたそいつの顔、いまでもよくおぼえてるぜ。それはすごい、そのうち自分も行ってみるつもりだ、その王国にって、興奮してそういってたっけな。なあ、そうだったよなあ、要！」

鉄平がいきなりゴムマスクに呼びかけた。

要？

レイは心臓がでんぐりがえししそうになった。要って……ま、まさか!?

「う、う……」

うめき声といっしょに、男は震《ふる》える手でゴムマスクをはずした。

その下からあらわれた顔！

要俊樹先生だった。

「気になって確かめにきたんだが、やっぱりそうだったか。おい、要。なんでこんなことをしたんだよ？」

「う、う……私は、私は……」

つぶやいて、要先生はがっくりと膝《ひざ》を折り、その場にしゃがみこむ。

予想外の幕切れに、レイはもちろん、今泉ものぞみも慎吾も、完全にことばを失っていた。

天の川学園連続失踪《しっそう》事件の犯人は、同じ天の川学園の数学教師だったのだ！

Finale

「いやー、懐《なつ》かしいなあ。すっかり忘れていたよ。ほんとにおれの絵だ」

チェシャ猫館玄関《ねこかんげんかん》の青い猫を見あげ、木村正道＝村木青銅が声をあげた。うれしそうなその顔を、レイたちもニコニコと見まもる。

翌四月二十一日、日曜日。

レイ、今泉、のぞみ、慎吾《しんご》の四人は、チェシャ猫館前で、木村正道＝村木青銅を出迎《でむか》えた。レイが提案し、ここまで足を運んでもらったのだ。

あれから。

おさげ髪《がみ》の少女たち——深川千加、町野さおり、草刈洋子《くさかりようこ》、高橋メグの四人は、通報で駆《か》けつけてきた警官に無事救出された。メグ以外の三人は衰弱《すいじゃく》が激しかったけれど、食事もちゃんと与《あた》えられており、命に別状はなかった。

要俊樹《かなめとしき》はその場で逮捕《たいほ》された。

こうして事件は解決した。

けれども、なお、わからないことが多すぎた。探偵《たんてい》・レイとしてはもちろん、真相を確かめずにはいられなかった。そこで木村正道＝村木青銅に持ちかけて、このチェシャ猫館《ねこかん》で話を聞くことにしたのだ。

本当なら、関鉄平にも同席してもらいたいところだった。けれど関は、残念そうにいうのだった。

「じつはなあ、おれ、あしたから、アフリカに出かける予定なんだよ。大学時代の探検部の仲間と、コンゴの奥地《おくち》に行って、恐竜《きょうりゅう》を探しにな。だからあとは正道にまかせるぜ」

現代アート研究会の部室に入る。

「おっ、これは！」

木村正道＝村木青銅がまたまた歓声《かんせい》をあげた。レイの思いつきで、マジック研から、あのパークラフトの太陽の塔《とう》を借りてきてあったのだ。

「まだあったのか、これが。じつはさ、この太陽の塔は、おれがつくったんだよ」

「ではないかと思っていました。それでは、いいですか？」

その太陽の塔《とう》の一件から、レイは話を切りだした。

「この左腕《ひだりうで》から、わたしたち、あの暗号を見つけたんです。あれを隠《かく》したのはやっぱり、木村さんなんですか？」

「青銅と呼んでくれないか。ああ、そのとおりだ。おれが隠したんだよ。というのはだなあ……」

青銅は、ゆっくりと語りはじめるのだった……。


あれは高二になった春先のことだった。

イラストレイターを志していた正道＝青銅は、そのころ、シュールレアリズム絵画に夢中だった。ピカソ、キリコ、ミロ。いろんな画家の画集を、図書館で食い入るようにながめていた。

それを発見したのは、ダリの画集をたまたま見ていたときだった。

「柔《やわ》らかい時計」の短針の先に書きこまれた「アーサー王」の文字。なんのことか、さっぱりわからなかった。けれど気になる。青銅は毎日毎日、その絵を見に図書館に通いつめた。

そのうち、ついにわかった。

文字が示す本を見つければいいのだ、と。

こうして青銅は順番に本をたどって、「円空堂地下王国」に行き着いたのだった。

となると、「地下王国」とはいったいなんなのか、確かめずには気がすまなくなった。ただ、ひとりで行くのは気が進まない。

そこで青銅は仲がよかったふたり、関鉄平と金丸大造に声をかけ、三人で探検に出かけたのだった。

そして。

地下の「無空間王国」で見つけた大量の絵と、天宮図の記された奇怪《きかい》な文。

三人は衝撃《しょうげき》を受けた。

△△△△年に起きるという惑星《わくせい》直列と、それが引き起こす地球の危機。自分たちがきょう、ここへやってきたというのは、なにかの導きだったのではないのか。そのおさげ髪《がみ》の少女戦士を探しだし、地球の危機を救うことこそ、自分たちに課された「聖なる使命」ではないのか、と。

三人はその場で血判状を作成した。

誓《ちか》い合《あ》った。

その日が近づいたときには、必ず、使命を実行しよう、と。

「……いまから考えれば、あんなバカなことをなんで信じたのかと思うよ。ただあのときは、異様な絵の迫力《はくりょく》に押《お》されて、すっかり真に受けてしまったんだ。天宮図というのもなんか神秘的

で、説得力があったしなあ。ま、ガキだったたってことか」

青銅は頭をかきながら、つづける。

「というわけで血判状をつくったんだが、ただ、家に持ち帰るのは、なんとなくためらいがあってさ。どうしようかと悩《なや》んでいるうちに、ふとこう思ったんだよ」

あのダリの絵のことは、だれにもしゃべる気はない。ただ、暗号の形にして、どこかに書きとめておいてもよいのではないか。もしその暗号を発見して、解読し、結果、おれたち同様、「王国」にたどりつく人間がでてくるなら、それはそれで結構なことじゃないか、と。

「で、あの暗号文を考えたんだ。しかし、よくわかったもんだなあ、あんなシャレみたいな暗号が、さ」

受けて、慎吾が自分のことのように胸を張った。

「当然ですよ。このレイさんは、暗号解読の達人ですからね」

「そうそう。レイにかかっちゃ、解けない暗号なんてないものな」

のぞみも太鼓判《たいこばん》を押《お》す。

「そうなのか。たいしたもんだ。ええと、それでだな」

青銅がつづける。

「血判状もいっしょに、太陽の塔《とう》に隠《かく》そうと、はじめはそう思っていたんだ。が、ふと考え直してさ……」

暗号を解いてダリの絵にたどりつき、さらに文字をたどって「円空堂地下王国」を探《さぐ》り当《あ》てたものにならこの血判状を見せてもいいだろう。青銅はそう考え直したのだという。そこで、『ボヘミア国王の醜聞《しゅうぶん》』のマルに矢印を追加し、「縄手城《なわてじょう》」の文字を書き加えた。そして本の図書カードの袋《ふくろ》に、血判状を入れておいた。あの本にした理由は、縄手城の抜《ぬ》け穴《あな》を意識してのことだったという。

やっぱりそうだったのね。とすると、残る疑問はあとひとつだ。レイはたずねてみた。

「青銅さん。そうすると、そもそも本の中とびらに書きこみをして、『円空堂地下王国』を示した人物というのは、いったいだれだったんでしょう?」

「うーん、それはやっぱり、あの流川幻水《ながれかわげんすい》本人だったんじゃないのかなあ。夜中にでも地下通路からこっそり出てきて、図書室に忍《しの》びこむのは簡単だったろうしさ」

「でも、そんなことをした理由は?」

「そうだなあ、これはおれの推測なんだが」

惑星《わくせい》直列の一件を、流川幻水自身が信じていたかどうかはわからない。案外、ただの妄想《もうそう》と、自分でもわかっていたのかもしれない。ただしその妄想《もうそう》とは、彼《かれ》にとっては芸術であり、彼のすべてでもあった。自分のすべてが詰《つ》まったそんな「無空間王国」を、だれかに発見してほしい。流川幻水はそう願っていたのではないか。といって、おおっぴらに告げるのはためらいがある。そこで、わかるものだけにわかってもらえばと、あんなまわりくどい方法をとったのではないか。

スタートをダリのあの絵にしたのにも理由がある。「自分はまさに、無空間王国という名の『歪《ゆが》んだ時間』の中にいるのだ」とのメッセージが、そこにはこめられていたのではないか。青銅はそんな推測を述べるのだった。

「えーと、青銅さん、おれもきいていいですか？」

こんどは今泉がたずねる。

「高二のときということは、それから十三年たったわけですよね。その間ずっと、忘れなかったんですか、聖なる使命のことは？」

「いいや」

青銅はあっさりかぶりを振《ふ》って、

「そのときは夢中だったんだが、忘れちまったさ、高校をでてすぐに。大学に行きゃあ、おもしろいことはほかに山ほどあるものな。さっきもいったとおり、つくづくガキだったと思うよ、あのときは。そうそう、きのうはトンマな推理をしちまったが、大造もそうだったんだろう。よく考えてみりゃ、政治の世界に足を突《つ》っこんだ現実的な人間が、いつまでも信じているわけがなかったよな、あんなバカバカしい話……」

そういったあと、青銅は急に遠い目つきになった。

「けど、あいつだけは、そうじゃなかったんだなあ。あいつ、要だけは、さ……」

ここから先の話は、その要俊樹が警察でした供述によるものだ。

要俊樹はむかしっから、数学が大得意だった。小学生のときに因数分解ができたし、中学ではすでに微分《びぶん》積分を理解していた。将来は数学者になるんだ。要はそう心に決めていたという。

そのいっぽうで、要は推理小説も大好きだった。数学で疲《つか》れた頭には、推理小説を読むのがなによりの息抜《いきぬ》きになった。

とりわけお気に入りだったのが、シャーロック・ホームズの物語だった。ただし、探偵役《たんていやく》のホームズや助手のワトソンには興味がなかった。要が惹《ひ》きつけられた人物はただひとり、ホームズの宿敵・モリアーティ教授だった。

驚嘆《きょうたん》すべき人物だった。

数学の才能にめぐまれ、二十一歳《さい》で二項定理《にこうていり》に関する論文を発表。全ヨーロッパで評判を呼んだという。さらにその後、純粋《じゅんすい》数学の最高峰《さいこうほう》とさえいわれる書物『小惑星《しょうわくせい》の力学』を著《あらわ》しているのだ。

それだけでも尊敬に値《あたい》するのに、すごいのはここからだった。なんとモリアーティ教授は、ありとあらゆる犯罪を陰《かげ》で糸を引いているのだという。ホームズの言によれば、「希代の陰謀家《いんぼうか》」であり、「犯罪のナポレオン」であり、「暗黒界の支配的頭脳の持ち主」だというのだ。

暗黒界の支配的頭脳、か。

そのことばは、要の心を魅了《みりょう》した。

暗黒の世界に身を置いて、世界を陰であやつる数学者。ああ、なんてカッコいいんだろう！

要は畏敬《いけい》の念をこめて、モリアーティ教授が登場するくだりを再三再四読み返したものだった。

高校生になった。要の数学熱はヒートアップするいっぽうだった。学校で習う数学など、ほとんどお子さまレベルだった。

高一で数Ⅲを完全にクリアした。

高二ではゲーデルの「不完全性定理」をマスターした。

そして高三になったとき、要は決意した。よーし、こうなったら、あれに挑戦《ちょうせん》してやる！　数学の史上最大の難問といわれる、「フェルマーの最終定理」だ！

「$X^n + Y^n = Z^n$は、nが2より大きいとき、自然数解を持たない」

これまでだれも証明できなかったこの定理を、自分が証明してみせる！　そうすれば、自分は数学史に名を残すことができる！

甘《あま》かった。

一か月が過ぎ、二か月がたった。さらに三か月を費《つい》やしても、まったく証明できなかった。当然だろう。十七世紀にフェルマーがメモに書き残して以来三百年あまり。幾多《いくた》の数学者が挑《いど》んでは挫折《ざせつ》を繰《く》り返《かえ》してきたのが、この「フェルマーの最終定理」なのだ。どだい、高校生が短期間で証明できるようなシロモノではなかったのだが。

要はそうは考えなかった。

証明できなかったのは、数学への理解力が欠如《けつじょ》していたせいだ。自分は数学者になる資格などないのではないか。そうだ、数学者失格だ！　もともと一途《いちず》な性格の要は、そこまで思《おも》い詰《つ》めてしまったのだ。

要は思いっきり落ちこんだ。

クラスメイトの関鉄平から、「地下王国」の話を耳にしたのはそんなときだった。

地下王国。

このことばから要がふと連想したのは、あらゆる犯罪をあやつるモリアーティ教授が、じっと身をひそめる「暗黒界」だった。

待てよ、そうだ！

その瞬間《しゅんかん》、要はこんなことを考えていたのだった。数学史に名を残す夢はついえた。ならばいっそのこと、モリアーティ教授のように、犯罪のほうで名をなすことはできないだろうか。もしかしたら「地下王国」は、そのための役に立つかもしれない。

要は早速《さっそく》、円空堂から地下王国に出向いていった。

そして、地下の「無空間王国」で目撃《もくげき》したもの！

部屋の壁《かべ》を埋《う》め尽《つ》くす絵と、テーブルの上の天宮図！

要は驚愕《きょうがく》した。

△△△△年五月十日に惑星《わくせい》直列が起きる。そのとき、地球は滅亡《めつぼう》の危機にさらされる。それは本当の話なのか？

思えばこのとき、要の心の中に、狂気《きょうき》が忍《しの》びいったのだろう。

地球を滅亡《めつぼう》させる。

これ以上の究極的犯罪はあるまい。「暗黒界の支配的頭脳の持ち主」であるモリアーティ教授でさえ、さすがに、そこまではなし得なかった。ということは。もしそれができれば、自分は、モリアーティ教授を越《こ》えられるではないか！

そのためにはどうすればいいのか？　答えはひとつしかない。

常軌《じょうき》を逸《いっ》しかけていた要の頭に、とんでもない計画が芽ばえたのだった。

七人のおさげ髪の少女戦士・レインボーセブン。地球を首尾よく滅亡させるためには、だれかに彼女たちを召集させてはならない！

宇宙から襲《おそ》ってくる魔物《まもの》たちと戦わせてはならないのだ！　なにがなんでも、自分の手で阻止《そし》する必要がある！

そうするためには、戦士となりそうなおさげ髪《がみ》の少女をさらって、どこかに閉じこめておけばよい。レインボーセブンさえ出現しなければ、魔物たちは好き勝手に地球を蹂躙《じゅうりん》するだろう。

では、どこに閉じこめておけばよいか？　やはり、ここが最適の場所ではないのか。

そこで要は、「無空間王国」を念入りに調べてみた。結果、壁《かべ》の隠《かく》し戸《ど》と、その奥《おく》にある木造の格子牢《こうしろう》を発見したのだ。きっとこれも、この「無空間王国」をつくった人物・流川幻水とやらが、あらかじめ準備しておいたのだろう。うん、これは使える。

それから十二年。その間、要は片時も、計画を忘れることはなかった。数学者の夢を断《た》たれた（と勝手に思いこんでしまった）要にとって、その計画こそがいつのまにか自分のすべて、自分の存在理由となっていたのだ。天文暦《てんもんれき》で確認《かくにん》してみたところ、△△△△年五月十日に惑星《わくせい》が直列するのはまぎれもない事実だった。であるなら、地球滅亡《めつぼう》のことも、少女戦士のことも、すべてが真実なのにちがいあるまい。やる！　必ず実行してみせる！

要俊樹は着々と準備を開始する。計画を実行するためには、天の川学園にもどらなければならない。それには教師になるほかないだろう。

大学に進学した要は、迷わず教職課程を選択《せんたく》。高校の数学教師の資格を取得する。数学者はムリでも、数学教師程度なら、要にとっては楽勝だった。卒業後は東京の女子校で六年間教鞭《きょうべん》をとった後、一昨年《おととし》、念願の天の川学園に赴任《ふにん》してきたのだった。

赴任後すぐ、要は円空堂から地下通路にもぐった。ひさびさに出向いていった「無空間王国」は、十二年前とまったく変わりはなかった。このあいだ、足を踏《ふ》み入《い》れたものはだれもいないようだ。壁《かべ》いっぱいの絵と、テーブルの上の天宮図を目にして、要は決意を新たにするのだった。

少女戦士を誕生させてはならない。

地球を絶対に滅《ほろ》ぼしてみせる。

究極的犯罪を必ず実現させるのだ、と。

そして、今年、△△△△年。四月に入って、要はいよいよ計画を実行に移した。かねてより目をつけておいたおさげ髪《がみ》の女生徒をつぎつぎにさらい、地下の牢《ろう》に閉じこめたのだ。

きょうで四人になった。

この先、何人集めてもよい。集めれば集めるほど、少女戦士レインボーセブンが誕生する確率は減っていくからだ。この学校には少なくともあと十人、おさげ髪の女生徒がいる。まだまだ休むひまはない。

本当はクラス一の美少女・野沢《のざわ》レイをさらいたいところだが、あいにくおさげ髪ではない。まあ、仕方がない。

ともかく、さらい集めた少女たちは惑星直列《わくせい》が起きる五月十日まで、ここから放免《ほうめん》してはならない。そうすれば、地球は魔物《まもの》たちに滅ぼされるのだ。その日がおとずれるのが待ち遠しい……。

話は終わった。

わからなかったことも、これでほぼ解明したといっていい。

ただ、あとひとつだけ。レイは最後の質問をぶつけた。

「青銅さん。結局、その流川幻水とは、会っていないんですよね？」

「ああ、そうだ。おれたちが見たのは、あのおびただしい壁《かべ》の絵と、テーブルの天宮図だけだ。そうだ、絵といえば……」

きのう、ひさびさにあの絵を目にして、ひとつ思ったことがある。おさげ髪《がみ》の少女戦士たち。あの三つ編みの少女のインパクトあるイメージは、自分のなかにずっと残存していたのかもしれない。そして自分の描《えが》くイラストにも、無意識のうちに影響《えいきょう》をおよぼしていたのかもしれない。

青銅は、そう独白するのだった。

なるほどね。うなずける話だけれど、それはともかくとして。質問のつづきを、レイは口にした。

「いったいだれだったんでしょうね、流川幻水という人物は？　どうして、あの地下通路のことを知っていたんでしょう？」

「さあな」

青銅も首をひねるばかりだ。

本当に、何者なのだろう？　だれひとり目にしてはいない流川幻水。もう死んでしまったのだろうか？　それともなお生存しているのか？

わからない。

事件は解決した。けれど、謎《なぞ》はいぜん残っている。

はたして、と、レイは思った。その謎が明らかになる日は、いつか、やってくるのかしら……。

☆

雲取丘陵《くもとりきゅうりょう》のいただき付近に、「立ち入り禁止」と立て札のでた一角がある。鉄条網《てつじょうもう》で幾重《いくえ》にも囲まれた一角の真ん中へんには、木造の塔《とう》が建っている。火《ひ》の見櫓《みやぐら》だ。眺望《ちょうぼう》がひらけているため、火事発見には大きく役立ってきた。しかし老朽化《ろうきゅうか》がすすみ、近く解体されることになっている。

その火の見櫓のてっぺんで、双眼鏡《そうがんきょう》をのぞきこんでいる背広姿の男がいた。レンズが向けられた先には、天の川学園のキャンパスがある。

「ふふふふ」

男の口から、忍《しの》び笑《わら》いがもれた。

さすがの名探偵《めいたんてい》レイも知るはずがなかった。男が、こんなことを考えていたことを。

縄手城《なわてじょう》。かつて、あの場所には、その名前の城があった。

わが先祖こそが、代々の城主だった。

しかし、その地位は剝奪《はくだつ》されてしまった。

城そのものも取《と》り壊《こわ》されてしまったのだ。

悔《くや》しい。

その城跡《しろあと》に、わが物顔でキャンパスを構えている、あの学校が許せない。

だからこそ、自分は計画を練った。

先祖代々つたえられてきた秘密の抜《ぬ》け道《みち》。隠《かく》し部屋《べや》や、地下牢《ちかろう》までそなわった地下の道。あれをうまく使えば、きっとうまくいく。

手はじめは図書室だ。深夜にそっと忍《しの》びこむ。そして地下通路に導くための手がかりを、数冊の本に書き記した。

つぎは地下の隠し部屋だ。手間ひまかけて、もっともらしいエサを用意した。

今年、惑星《わくせい》直列が起きることだけは事実だ。だがそのほかは、すべて創作だ。

無空間王国。魔物《まもの》ゴグ・マゴグ。地球滅亡《めつぼう》の危機。少女戦士レインボーセブン。

立ち入り禁止

すべて、自分がでっちあげたものだ。

目的はただひとつ。

わが物顔であの地に居座《いすわ》っている天の川学園に、復讐《ふくしゅう》するためだ。

そのためにこそ、あれほど凝《こ》った仕掛《しか》けをほどこし、天の川学園をおとしめるようなスキャンダルをたくらんだのだ。あとは天宮図のあの文を発見して、真に受け、実行に移す生徒があらわれるのをじっと待てばよい。

立案したのは十数年前のことだ。それからきょうまで、ずいぶんと時間がかかったが、それも読みのうちだ。それくらいの時間があれば、きっとだれかが発見するだろう。そう踏《ふ》んでのことだったのだ。

自分の狙《ねら》いどおりになった。いや、狙い以上の効果があった。

新聞の一面を飾《かざ》ったきのうの記事。

『名門天の川学園で連続失踪《しっそう》事件』

そしてきょうの記事はもっと痛烈《つうれつ》だった。

『連続失踪事件の犯人は、天の川学園の現役《げんえき》教師』

まさか教師が、あの指令を実行しようとは。そこまではさすがに予想外だったが、諸手《もろて》をあげて大歓迎《だいかんげい》だ。むろん天の川学園には、多大なダメージがあったことだろう。
しかし、復讐《ふくしゅう》はこれで終わりではない。
評判をもっともっと、それこそ地の底まで引きずり落としてやらねば気がすまない。
そして自分の胸のうちには、つぎなる作戦もある……。
「ふふふふ」
双眼鏡《そうがんきょう》から目を離《はな》すと、男は含《ふく》み笑《わら》いしながら火《ひ》の見櫓《みやぐら》を下っていく。
その名を知ったら、レイは驚愕《きょうがく》したことだろう。
流川幻水。
それが背広姿の男の名前だった。

（つづく）

あとがき

松原秀行《まつばらひでゆき》

作者待望の（笑）新シリーズ「レイの青春事件簿《じけんぼ》」、いよいよスタートです！

「パスワードシリーズ」（講談社《こうだんしゃ》青い鳥文庫）ではすっかりおなじみの電子探偵団《たんていだん》団長・野沢《のざわ》レイは、昔っから探偵の素質があったようで、小学生時代も中学生時代も奇妙《きみょう》な事件に遭遇《そうぐう》しています。この話は『パスワードで恋をして』と『パスワード風浜クエスト』に書いておいたので、興味ある人はぜひぜひ読んでみてください。本シリーズでは、そんな名探偵レイが高校時代に出会った事件の数々を描《えが》いていく予定で、その第《だい》一弾《だん》が、本書『ミッシング・ガールズ』です。現ア研のメンバー四人の推理と冒険《ぼうけん》の物語、みんな、楽しんでもらえたかな？

レイ同様、ぼく自身もその昔は、男女共学ではなかったけれど中高一貫《いっかん》教育の学校に通っており、音楽部に所属していました。部室には古いSPやLPレコード（って、わかるかな？）が山のように積み上げられていて、バロックから現代音楽まで、いろんな曲を聴《き》きまくったものでした。ただ聴《き》いているばかりではなく、ある年の文化祭では、それこそジョン・ケージばりの「偶《ぐう》然性《ぜんせい》音楽」を部員みんなで実践《じっせん》したのをなつかしく思いだします。そのときのメンバーの一人に、理論物理学論文執筆《しっぴつ》から作曲までこなす才人・斎藤武光《さいとうたけみつ》くんがいました。本書にでてくる「オタマジャクシ・ミュージック」や「炸裂音符《さくれつおんぷ》」は、当時、彼が考案したものです。この物語を書くに当たってアイデアを使わせていただき、どうもありがとう！　大感謝してます！

さて。本書のラストで、謎《なぞ》の怪人物《かいじんぶつ》・流川幻水《ながれかわげんすい》が意味深なつぶやきをもらしているとおり、物語はまだまだつづきます。つぎは夏休みの話になるんじゃないのかな。次巻でも冴《さ》えわたるはずのレイの推理と、また現ア研の新たな研究テーマにも、注目注目だぞ！

おしまいに、この「YA! ENTERTAINMENT」シリーズがスタートした当初、二〇〇三年から、「マジックものかミステリーものを、ぜひ！」と、ず――――っと声をかけつづけてくれた児童図書第一出版部の阿部薫《あべかおる》部長。やっと約束をはたすことができました。長いことお待たせしてごめんなさい、次はスバヤク書きますからね（いいのか、ンなこといって？）。それと執筆中に適切なアドバイスをいただいた中田雄一《なかたゆういち》さんにも、お礼の言葉を申しあげます。おっと、忘れちゃいけない挿《さ》し絵《え》の梶山直美《かじやまなおみ》さん。いつもながら素晴《すば》らしいイラストを、本当にありがとうございました！　パスワードと平行になるけれど、本シリーズもよろしくお願いします！

松原秀行　まつばらひでゆき

1949年、神奈川県に生まれる。早稲田大学文学部卒業後、フリーライターに。さまざまなジャンルで執筆する一方で、児童文学を書き続ける。著書に「パスワードシリーズ」『竜太と青い薔薇』『竜太と灰の女王』（講談社青い鳥文庫）、『オレンジ・シティに風ななつ』（講談社）などがある。

画・梶山直美
装丁・城所潤（Jun Kidokoro Design）

【参考文献】
サティ　ケージ　デュシャン（鍵谷幸信著／小沢書店）
ジョン・ケージの音楽（ポール・グリフィス著／堀内宏公訳／青土社）
トランプ・マジック（松田道弘著／筑摩書房）
回想のシャーロック・ホームズ（コナン・ドイル著／阿部知二訳／創元推理文庫）
恐怖の谷（同）
シャーロック・ホームズの冒険（コナン・ドイル著／大久保康雄訳／ハヤカワ・ミステリ文庫）
天才数学者たちが挑んだ最大の難問（アミール・D・アクゼル著／吉永良正訳／早川書房）
ヘンリー・ダーガー非現実の王国で（ジョン・マグレガー著／小出由紀子訳／作品社）
ダリ全画集（タッシェン・ジャパン）

YA! ENTERTAINMENT

ミッシング・ガールズ

《レイの青春《せいしゅん》事《じ》件《けん》簿《ぼ》①》

松原《まつばら》秀行《ひでゆき》

2006年5月10日　第1刷発行

N.D.C.913　302p　20cm　ISBN4-06-269366-6

発行者　野間佐和子

発行所　株式会社講談社

〒112-8001

東京都文京区音羽2-12-21

電話　出版部 03-5395-3535

販売部 03-5395-3625

業務部 03-5395-3615

印刷所　豊国印刷株式会社

製本所　大口製本印刷株式会社

本文データ制作　講談社プリプレス制作部